MW01257932

FULVIO TOMIZZA

FRANZISKA

ARNOLDO MONDADORI EDITORE

© 1997 Arnoldo Mondadori Editore S.p.A., Milano

I edizione Scrittori italiani maggio 1997
I edizione Bestsellers Oscar Mondadori maggio 1999

ISBN 88-04-46441-0

Questo volume è stato stampato
presso Arnoldo Mondadori Editore S.p.A.
Stabilimento Nuova Stampa - Cles (TN)
Stampato in Italia. Printed in Italy

Il nostro indirizzo Internet è:
http://www.mondadori.com/libri

Indice

Prima parte

I

Alcuni anni fa, quando il corpo e la mente procedevano di pari passo incuranti l'uno dell'altra ma tesi all'identico fine, mi trovai un giorno alla stazione ferroviaria di Gorizia. Mai avevo detestato luogo più di quello, sede del mio primo collegio, e mi pareva che proprio la stazione, buio approdo e poi punto frenante dei ritorni a casa, concentrasse il mio odio e il tedio.

A distanza di quarant'anni rimetter piede a Gorizia significava invece introdurmi in un mondo incantato, fuori dal frastuono della vita ultra moderna, del quale la stazioncina da stampa antica, dove i treni per Udine e per Trieste davano ai passeggeri appena il tempo per scendere e salire, rappresentasse l'inizio o il termine della Mitteleuropa.

Era l'ora di metter qualcosa sotto i denti e, come per voler rispettare quella pausa di comune ristoro, nessun treno vi sarebbe transitato per un bel pezzo. Entrai nel bar, chiesi del ristorante; mi fu indicata la mensa aziendale al piano superiore, la quale serviva, a volerlo, anche i non dipendenti.

Per il mangiare, specie a metà giornata, non sono di grandi pretese e la cornice, quando mi trovo fuori, conta più della sostanza. Nella sala quasi deserta presi al self-service dello spezzatino con un po' di verdura, il pane e un quarto di vino. Piovigginava e col conforto materiale mi sentivo crescere un senso di contentezza nostalgica e tuttavia non avara di propositi. Alle spalle mi stava accarezzando un chiacchiericcio femminile inconsueto, lontanamente familiare. Mi volsi con discrezione: due donne anziane, in grembiule di lavoro, conversavano in sloveno.

Subito fui portato a considerare che a Trieste, dove la minoranza slovena era più sparsa ma anche più numerosa, mai in luogo pubblico si sarebbe fatto uso della lingua tanto avversata da essere divenuta in primo luogo sgradita. Qui invece la cosa accadeva perché gli sloveni, per quanto non amati dalla popolazione italiana, oltre ad aderire alla terza parlata cittadina, la friulana, sotto il lungo dominio austriaco della contea di Gorizia avevano avuto modo d'insediarsi con negozi ed esercizi di ogni genere nel pieno centro.

Non era infatti slovena la trattoria dalle parti del seminario di teologia dove mia madre nelle sue rare visite conduceva me e il fratello a consumare un pasto quasi tutto di casa?

Nostra madre si limitava a ordinare tre piatti di brodo dai dilatati occhi d'oro, il migliore che avessi mai gustato, di gran lunga superiore al suo per una rara spezie destinata a palati maturi, forestieri, e scartocciava i pacchetti di pollo e vitello impanato, del dolce e perfino del pane, con incoraggiante approvazione della padrona, la quale talvolta si chinava a lisciarmi i capelli accrescendomi vergogna, imbarazzo, ma anche la soddisfazione di trovarmi in un luogo protettivo senza che fosse quello di casa.

Alta e ossuta, un naso pronunciato nella grigia faccia sorridente, la donna era la prima persona di sicura razza diversa che avessi conosciuto, e tale positivo incontro forse non restò estraneo al mio destino. Mi appariva il contrario di mia madre, né slava né italiana come tutti noi, la quale non a caso aveva adocchiato la sua confacente taverna.

Negli anni futuri, ogniqualvolta mi fossi recato a Gorizia, avrei invano cercato l'esatta ubicazione della trattoria, di cui traccia certa e insieme meta era il volto buono di una donna slovena.

Poco dopo il pranzo alla stazione ferroviaria mi fu consegnata a Trieste una busta contenente alcune lettere manoscritte risalenti al primo dopoguerra di questo secolo e indirizzate a una giovane slovena da parte di due ufficiali dell'esercito italiano entrato vittorioso nella città contesa.

Con fare invariabilmente imbarazzato me l'aveva messa in mano tale professor Pečenko, ai cui allievi avevo appena terminato di tenere una conversazione di argomento letterario. «A mi le me par interesanti» si era quasi scusato l'insegnante nel comune dialetto cittadino, aggiungendo con maggiore esitazione: «Me par che le xe, che ghe xe... no so... dela poesia».

Giunto a casa estrassi le lettere dalla busta recante un precedente indirizzo cancellato con pennarello rosso, ci diedi un'occhiata. Erano in buona parte scritte su solida carta appartenente all'ufficio militare delle ferrovie italiane. Una scrittura larga, incurante della forma; l'altra invece minuta, di spiccato gusto calligrafico; si rivolgevano entrambe alla signorina X, impiegata alla ferrovia triestina.

Il riferimento al recente incontro con le due operaie nella mensa aziendale di Gorizia stuzzicò e poi esaurì ogni mio interesse. C'era dunque un tempo, mi dissi, nel quale anche a Trieste una ragazza slovena poteva svolgere servizio presso un ente pubblico di primaria rilevanza. E se avesse avuto una compagna avrebbe intavolato una disinvolta chiacchierata nella lingua qui oltremodo sconveniente.

Non era possibile. Nella città "irredenta" per eccellenza l'amministrazione cacana, essa stessa presa di mira a incominciare dai giornali satirici e finendo con la ragazzaglia in brache corte, aveva tutt'al più inserito nella gendarmeria non pochi ragazzotti dei rioni periferici e del Carso, i quali, investiti di autorità e dotati di arma, non riuscivano sempre a farsi rispettare e, quando comminavano una multa, dovevano sorbirsi il motteggio delle stesse parole pronunciate in italiano. Del resto le mie carte, oggi finite chissà dove, parlavano chiaro.

Interlocutori della rara impiegata risultavano essere due uomini nella impeccabile uniforme gloriosa, che adeguatamente si esprimevano nell'idioma sempre tentato e mai eguagliato dei loro idolatri. Specie il secondo, che con lei aveva poco a che fare e non si stancava di dire, la cui prosa forbita e calligrafica era stata causa prima del mio definitivo disinteresse al curioso terzetto, scriveva come Dio raccomandava attraverso i maestri e poi i professori. Era nato per il ruolo del consolatore, che volentieri si era assunto col defilarsi e poi il tacere del primo scrivente, suo probabile subalterno, persona di minore parola e quasi rude, travagliato da dubbi e da problemi di salute.

Oggi che siamo agli sgoccioli del secolo, ricordo all'improvviso una scarna nota biografica allegata dal medesimo professor Pečenko, la quale informava che la destinataria delle lettere era nata a Štanjel, San Daniele del Carso, il 1° gennaio 1900.

Fu dunque un evento piuttosto eccezionale e non privo di seguito, né per i genitori né per lei stessa. Subito mi domando quali possono essere stati i festeggiamenti pubblici nella nostra zona per il passaggio al nuovo secolo e come s'impazzirà tra breve nel giorno di cambio del millennio in una società affogata dai consumi, per la quale tutto dovrebbe apparire indifferente e ogni ricorrenza tende invece a far epoca.

Se non mi è difficile prevedere cosa avverrà nelle ore che ci attendono – perfino in amore il di più finisce nella ripetizione – ho il sospetto che una trovata straordinaria avesse salutato l'avvenimento in quel lontano tempo tanto più sguarnito e ingenuo. O, meglio, la sua gente dotata del dono di sorprendersi non avrà creduto ai proprio occhi.

Nel paese carsico, piccolo ma singolare come ci capiterà di osservare più avanti, tutto si era raddoppiato in fatto di riti ecclesiastici, concerti bandistici e brindisi, mentre i privati avevano dato la stura alle riserve di vin terrano, di grappa di ginepro e di porcina. Nei più grossi centri di Comeno, Vipacco e Sesana si sarà fatto uno stralcio al bilancio comunale, per cui i loro campanili lucevano in piena notte. I tre frastuoni per poco non si raggiungevano, sì da falsare l'orientamento di quanti festeggiavano nel mezzo.

Ma a Trieste, per quante ragioni si avessero di salutare un secolo che restava ancora avvinghiato al Mille e prospettava altri cento anni di vita sicura, a

Trieste pareva stesse per avvenire il finimondo. Le navi in rada si illuminavano a vicenda e facevano riflettere nell'acqua i palazzi della riva; i cannoni della flotta imperiale bersagliavano i palmizi, le guglie e le stelle dei fuochi artificiali. Sotto la luminaria cittadina la gente danzava e si abbracciava offrendosi la bottiglia, greci con turchi, italiani con sloveni, serbi con croati, tedeschi con ebrei, mentre coloro che sostavano sui terrazzi col bengala in mano a stento si trattenevano dal buttarsi in strada per mescolarsi alla fiumana.

Suonavano tutte le campane, cattoliche, protestanti e ortodosse; i battelli di linea davano avviso di star per sciogliere gli ormeggi. Le donne sollevavano la gonna al di sopra del ginocchio e un gruppo di mondatrici del porto se ne calzava la testa, alcuni uomini si tagliavano i mustacchi deponendoli in una tuba, i bimbi davano la caccia agli uccelli intontiti, delle vecchie si tiravano gli scialli, i vecchi l'un l'altro si contavano i denti, i frati di Montuzza per far fronte alla bora indossavano calze colorate. Ognuno sentiva di aver vissuto parecchio e si trovava come davanti a un calendario vergine che durava cent'anni.

La scarsa fantasia di cui natura ha provvisto il mio spirito pratico si è esaurita. Dio, perché non sono nato altrove, più a sud? Forse una finta cometa strisciava lentamente dal castello di San Giusto a quello di Miramare, oppure, e insieme, una mongolfiera planava su piazza Grande, o un drago levatosi dalla grotta Gigante stava veleggiando verso la Lanterna...
Mi urge un sostegno e mi solletica un'infantile cu-

riosità. Col pensiero mi sono già rivolto alla Biblioteca civica dove i quotidiani giacciono rilegati anno per anno.

Mi trattiene un inizio di idea. L'imperatore; come si era comportato l'imperatore? L'uomo divenuto proverbiale per l'attaccamento ai suoi popoli, sollecito a prestare attenzione ai casi singoli, con lo scoccare della mezzanotte sarebbe entrato nel suo settantesimo anno quando da tempo si atteggiava a vegliardo, scimmiottato da tutti i sudditi dalla cinquantina in su... Quale iniziativa Francesco Giuseppe aveva spremuto da sé e quante gliene erano venute dai suoi più stretti consiglieri?

Una pesante saracinesca era calata sull'intero passato, inutile sbirciarci dentro dalle fessure e dai sobbalzi della memoria; occorreva guardare avanti dove si spalancava una distesa priva di un filo d'erba, scrutare il minimo evento che sarebbe spuntato dalla terra o piovuto dal cielo. Si era appena celebrato il Natale e solennizzato in Santo Stefano l'amato protettore; ma, due giorni dopo, le pianete dei sacerdoti si erano tinte di nero per esecrare la Strage degli Innocenti. Ogni monarca degno di tale titolo sente quel sangue tenue gravare sulla propria coscienza poiché forte è in lui la mala idea, specie se si trova avanti con gli anni, di arrestare il progredire del suo regno ordinando un'analoga carneficina indiscriminata.

A questo stava riflettendo il clemente imperatore inginocchiato sul nudo legno del suo militaresco appartamento, e due righe di lacrime discese rapide giù per gli zigomi si erano disperse nel bosco dei baffi e dei favoriti. Egli si levò premendo il braccio sinistro

15

sul ripiano dell'inginocchiatoio e si mirò nell'ovale fosco di uno specchio. Estrasse il fazzolettone e si asciugò gli asprigni occhi azzurri. Convocò il suo fiduciario del ministero dell'Interno e impartì un secco ordine: di provvedere a notificargli le nascite che sarebbero avvenute nelle prime ore del nuovo anno, corredandole dei rispettivi dati inerenti al sesso, al luogo e alle condizioni delle famiglie.

Confluirono poi nella saletta dello Hofburg il competente di statistica e il responsabile del bilancio dello Stato. Il provvedimento venne proclamato alla vigilia di San Silvestro: l'augusto sovrano avrebbe concesso il suo personale padrinato, con speciale donativo di mille corone, a ogni suddito nato nelle prime sei ore del secolo Ventesimo.

II

Non mi facevo tanto, sono sorpreso di me stesso. Ora non occorre più che scenda alla Civica, sono entrato in un percorso che sorvola la realtà o vi procede sotto come un uccello o una talpa. Mi piacerebbe tutt'al più conoscere il numero dei neonati idealmente affratellati nelle province dell'impero, ma pazienza: nessuno e niente mi muove dal mio studio tanto malstipato di libri che all'occorrenza sarei impedito di consultarne uno, pena sbandamenti paurosi, crolli, cascate a non finire.

La generosa degnazione imperiale venne affissa nelle sedi comunali e illustrata al popolo durante la messa del 31 che cadeva di domenica.

A San Daniele del Carso era interessata una sola famiglia, che poi fu contata quale unica dell'altipiano. Il falegname Skripac assisteva al rito senza bilanciare il corpo sui piedi né dimenticare le mani, di continuo sbirciato dai paesani. Sua moglie già quel mattino aveva perso le acque, il parto era aperto, la loro prima creatura poteva nascere da un momento all'altro. L'aveva affidata alle cure di una vicina per farsi vedere in chiesa soprattutto dal pievano, che forse forse lo avrebbe nominato. Sarebbe stato un peccato perdere quel colpo di fortuna per una questione di ore, e tuttavia al traguardo della mezzanotte lui ci teneva a spingere la moglie perché, se il nascituro fosse stato maschio gli avrebbe tardato il servizio militare, se femmina l'avrebbe per sempre ringiovanita di un anno.

Lo stesso parroco rifiutò di pronunciarsi terminando il sermone con un voto: «Chissà che la grazia di Dio non cada su una nostra famiglia». Dalla predella dell'altare l'officiante aveva scorto la vecchia Majda introdursi in chiesa in un momento inopportuno, segnarsi due volte e cercare il suo vicino falegname a destra e a sinistra. Questi ne avvertì la presenza quando il sacerdote si era girato verso la mensa e il pubblico dei fedeli ne aveva approfittato per guardarsi intorno. Nell'unica navata tra i banchi si aprì un corridoio e i due vicini lasciarono il tempio sotto gli occhi addolciti dei compaesani.

La moglie a letto in sudori non fu trovata sola. Su di lei stava curva la baba con lo scialle ancora indosso che ne avvolgeva ancora la testa. Recava tracce di neve delle valli, il suo borsone abbandonato su una sedia pareva tirato su da un pozzo.

«Qui tu sei d'impiccio, Dušan. Vattene in cucina» lo congedò subito la levatrice. «Bastiamo noialtre.»

L'uomo si affrettò a chiedere: «Vi pare sia l'ora?...».

«Mi pare, mi pare» lo canzonò la donnetta. «Due sono le ore che nessuno può stabilire: questa e l'ultima ad arrivare.»

Prima di allontanarsi Dušan lesse sul volto della moglie una maggiore serenità sopraggiunta con la venuta della brusca esperta. Ma s'immalinconì per l'allusione tetra indirizzata a un essere non ancora pervenuto alla luce. Questa considerazione lo portò ad augurarsi maggiormente il ritardo, sebbene per un ordine di idee diverso, che lo ricopriva di responsabilità e gli trasmetteva un brivido per tutto il corpo. Ricaricava il fornello di trucioli e ritagli di legno, l'acqua continuava a bollire nel pentolone e nella caldaia, il suo freddo interno non diminuiva.

La Majda lo raggiunse in cucina per confidargli che la baba voleva andarsene, si lamentava di essere stata chiamata troppo presto. Ora Dušan per poco non sperava che la faccenda si risolvesse quanto prima. La sua vicina di casa gli insinuò: «Forse non avrà ancora mangiato. Bisognerebbe prepararle qualcosa, così rimane un altro po'».

Il falegname scese per la scala interna al pianterreno occupato dalla cantina e dalla sua bottega. Dalla canna stesa a cui si attorcigliava, spiccò un braccio di salsiccia e levò dal pavimento una bottiglia di terrano. Quando tornò di sopra sentì il gelo del nervosismo inghiottito da quello effettivo. La vicina gli tolse di mano la salsiccia, la tagliò in uguali pezzi conici che riversò in una padella. Non appena cominciò a levarsi il fumo dalla padella e l'aroma della salsiccia si sparse nella stanza, la Majda gli cedette il posto al fornello, gli mise in mano la forchetta perché provvedesse a rigirare i rocchi abbrustoliti e si voltò a rompere e sbattere le uova in un piatto da minestra.

L'ostetrica sporse il viso nella cucina, vispa, gli occhi inebriati. «Così, così» esclamò. «Sacco vuoto non sta in piedi!»

Fu invitata ad accomodarsi al tavolo, al centro del quale la frittata esalava i suoi intensi aromi regolati da quello del rosmarino. Un paio di cucchiaiate furono servite al padrone di casa, la parte maggiore andò all'ospite, la Majda si accontentò di lustrare col pane l'interno della padella. Sedendosi e dando a vedere un'espressione tùtt'altro che ultimativa, la levatrice osservò: «Il moccioso non ha alcuna intenzione di venire a farci compagnia. Preferisce starsene al caldo e non gli si può dar torto col tempo che tira».

Il falegname le versò il vino denso, nero, e dopo essersi raschiato la gola chiese sommessamente: «Voi non ci lascerete?».

«Con questo ben di Dio, no» stabilì l'interrogata. «Che cosa ci vuole perché venga notte? E voi magari ammattireste per ricercarmi. No, se mi vien sonno mi rannicchio su questa sedia, come il moccioso.»

«C'è un altro letto di là» si precipitò a informare il giovane padrone.

La donna ci dava dentro alla frittata soffermandosi a gustare i pezzi di salsiccia e si versò da sola dell'altro vino. «Voi non lavorate la campagna, eppure questo è del migliore.»

«Gliene portano gli avventori» intervenne la vicina di casa. «E così il maiale, la farina di questo pane. I soldi chi li vede qua?»

«Ma adesso gli capiterà un bel mucchio di bigliettoni» insinuò l'altra. «Saranno vostri, statene sicuro, se il vecchione di Vienna è uomo di parola.»

Finito il suo spuntino, Dušan si levò da tavola per raggiungere da solo la moglie.

Questa era in lacrime, fitte, silenziose. Il marito le accarezzò la fronte, si restrinse nella persona.

«Ho paura» sbottò la partoriente. «Sento che sono prossima e la vecchia vuole tirarla per le lunghe.

Forse spera che verrà anche a lei qualcosa, magari di dividere il premio». E ora le lacrime ebbero voce.

«Non pensare a nessun premio» l'ammansì Dušan. «Fa' come ti viene, che noi ce la caviamo lo stesso, Marija.»

Lasciarono il tavolo anche le due estranee. Marija si portò l'indice alle labbra, i due coniugi si staccarono ritornando alla loro rispettiva intimità.

«Benedetto uomo, ora ci sei davvero d'impiccio» fece la baba entrando con aria rinvigorita. «Va' un po' a far festa con gli amici!»

Dušan scese lentamente le scale esterne e, giunto nello stradone, si guardò intorno dubbioso, non scorse nessuno sullo stradone spazzato dalla bora e si chiuse nel suo laboratorio.

Calò la sera, si spense ogni luce diurna senza che alcun'altra venisse a rimpiazzarla. Stretto da ore nel buio, il falegname si sentiva fuori regola, quasi cospirasse con la complicità delle tenebre. Con l'orecchio puntato al piano superiore vigilava la quiete che vi regnava e che riteneva opportuno lasciar scorrere come la provvidenziale stasi di un dolore. Soltanto adesso, che aveva per compagnia la propria coscienza e l'ora si avvicinava, doveva riconoscere di far gran conto dell'eventualità d'intascare le mille corone, una somma che pochi del Carso possedevano in contanti; e soprattutto di dare una nascita senza precedenti al suo primo figlio. Nei paesi di campagna il padrino di battesimo valeva più di uno zio, di un cognato, forse perché lo si sceglieva tra gli amici per fondare un legame che restava fuori da quello obbligante del sangue e lo superava in simpatia. Lui stesso da piccolo quando incontrava sàntola Luze e sàntolo Drago veniva invitato e si sentiva spinto a baciarli. A ogni compleanno i loro regali spiccavano tra gli altri ed erano diventati gli unici che riceveva; e alle proprie nozze, l'anno precedente, sàntolo Drago gli aveva mandato in dono tutti i piatti di cui si serviva Marija. Questo avveniva per riflesso del grande affetto che intercorreva tra i genitori e le famiglie dei loro compari. Non c'era festa che non la godessero insieme, qui a San Daniele e giù a Hrùsica, accordate le comari in cucina, abbracciati i compari nell'avviarsi all'osteria. E per un consiglio, un prestito, un lavoro di grosso impegno, l'uno si rivolgeva all'altro senza esitazione né umiliazione, sapendosi lui pronto a prodigarsi altrettanto.

Avrebbe avuto per compare l'imperatore? Suo figlio si sarebbe levato sulla punta dei piedi per baciare quel vecchio pensieroso? E quali altri regali oltre alle mille corone con cui comperarsi una nuova bottega, un bosco di roveri, riparare la casa e, nel caso fosse nata una femmina, tenere in serbo l'intera somma per prepararle la dote?

Si era distratto. Non colse bene lo squittio, l'acuta protesta di un animaletto rimasto per un istante intrappolato con la coda. Si ritrovò in piedi, le mani corse ad aggguantare i due bracci della scala a pioli. Si bloccò, la mezzanotte era ancora lontana, tutto ciò che aveva appena rimuginato nella mente rovinò, si sperse privo di qualsiasi legamento. Attese, i sensi concentrati in uno solo. Non gli pervenne alcun suono né rumore. Poi lo rincuorò una risata della baba, a cui seguì la voce petulante di Marija. S'inerpicò per le scale, aprì la botola ed entrò in cucina. Nella pentola e nella caldaia era stata rinnovata l'acqua che colma fino agli orli stava avviandosi alla bollitura. Ma la vicina più non c'era, eppure egli aveva l'impressione di avvertire tre presenze nella camera matrimoniale.

Spinse la porta, scorse la levatrice curva sulla moglie a rimboccarle le coperte, a lato del letto la culla rimaneva vuota. La forestiera si voltò di scatto. «No, adesso no!» gli si rivolse contro. «Vuoi proprio rovinare tutto?»

Dušan si ritrasse in cucina e non si capacitava del fatto che la Majda se ne fosse andata, forse cacciata come lui dalla rude comare, e che l'abitazione accogliesse una terza persona.

Un vociare indistinto, intercalato da grida allegre, si levava dalla strada.

La gente del paese aveva cenato tardi per aspettare la mezzanotte nel gelo a pancia piena. I primi festaioli avevano raggiunto l'osteria ai piedi dell'erta. Avevano cominciato a bere e a cantare. Fecero così da richiamo ad altri che uscirono in fretta dalle case e si unirono al gruppo. Comparvero le prime donne infagottate oltre misura, i ragazzini scivolati fuori dai letti e invano ricacciati a casa. Il parroco aveva ordinato al sagrestano di accendere tutte le lampade scintillanti di addobbi natalizi e di far salire suo figlio sulla torretta del campanile per accogliere i segnali delle altre chiese. Quindi scese lui stesso all'osteria.

Il gruppo si ricompose, il parroco parlò da persona intabarrata come tutti gli altri. Tra poco sarebbe cambiato anno e sarebbe cambiato secolo. San Daniele trovava la prima ragione per celebrare il doppio evento festeggiando un terzo ormai certo, a cui il Padre Celeste attraverso il sovrano dei popoli aveva voluto eleggere una casa del loro paese.

«Gli Skripac!» interpretò l'oste.

«Gli Skripac!» confermarono più voci.

Il locale si vuotò e l'improvvisato corteo capeggiato dal prete imboccò l'erta che fiancheggiava la cinta muraria.

Quando Dušan udì scandire il proprio nome e quello di Marija non si trattenne più. Irruppe nella stanza deciso a pretendere spiegazioni.

La baba stava stesa accanto alla partoriente sbiancata in viso più della stessa candela; stringeva al seno un fagottino dal quale due minuscole braccia rossigne si agitavano senza posa in un silenzio gravoso che non riuscivano a squarciare. Lo sguardo della vecchia si posava di continuo sull'opposto canterano fissando avido il grande occhio della sveglia, dove la più corta delle lancette puntata sulle dodici sembrava aspettare l'altra con uguale impazienza.

Dušan avrebbe voluto gridare di fronte a una scena che gli trasmetteva l'orrore dell'illecito, dello snaturato, ma la levatrice ancora lo prevenne incollandosi l'indice alle labbra, succube anche lei di quella quiete forzata che l'orologio scandiva implacabile. Lei avvertì di non riuscire più a piegare l'uomo alla propria volontà, si mise a sedere sul letto senza abbandonare l'involto. Marija strinse i denti come avesse subìto una lacerazione e il marito le si appressò. Dal seno della vecchia sbucò un musetto rugoso che non esprimeva che agrezza come un limone spremuto a metà.

«È una bambina» sussurrò l'ostetrica «ma non è ancora nata.»

La moglie confermò con gli occhi, Dušan le accarezzò la fronte che era ghiacciata come se il frastuono in strada avesse proiettato nella stanza tutto il rigore esterno.

La sveglia sul comò ebbe un lieve sussulto per il sovrapporsi delle due lancette, dal campanile partì il primo rintocco, subito sommerso da altri, vigorosi, insistenti e poi sciolti in un'allegra canea. Alti si levarono gli evviva sotto la finestra illuminata.

La comare pose sul letto l'involto, si alzò del tutto, spinse una mano sotto le coperte. Di nuovo Marija scoprì i denti in una smorfia di dolore crudo. L'altra estrasse la mano e con entrambe svolse il fagottino, afferrò il suo contenuto poco e troppo vivo, lo eresse con la testa all'ingiù come uno smilzo trofeo di caccia, lo sculacciò ben bene e, non contenta, si levò dal camicione uno spillo e lo conficcò nella carne aggrinzita. Uno strido di altri cieli si scontrò col patire del mondo risolvendosi nella protesta umana del pianto.

La levatrice riavvolse la piccola nella coperta e intimò a suo padre di reggerle il lume. Entrambi si affacciarono al vetro della finestra.

III

Il borgo di Sesana presidiava il sottostante Carso e anticipava Trieste in tutte le comunicazioni via terra. Tra la sua sede comunale e la cancelleria di Vienna, così come tra le due gendarmerie, nei primi giorni del secolo s'infittirono i messaggi.

Sabato 6 gennaio, festa dell'Epifania, una berlina a doppio tiro infilò la strada che scendeva dall'altipiano e, superati i primi tornanti che in particolare impegnavano cavalli e conducente, s'inoltrò nella vallata ondulata.

Il tempo si manteneva cupo e rigido come era avvenuto durante tutte le feste di Natale e Capodanno. La neve ridotta in fanghiglia sul corso stradale resisteva indurita ai bordi e si estendeva lungo i prati, sospesa sui cespugli e sulla stessa erba. Il sindaco detto *zupano* e il capitano delle guardie si scambiavano le loro impressioni sbirciando dai rispettivi finestrini. Si segnalavano le doline, il profilo smangiato del monte Nanos, i villaggi con i tetti ricoperti di lastre di pietra grigia. Davanti a loro i due giovani gendarmi sedevano irrigiditi non avendo per panorama che le due massime autorità di Sesana. Si sciolsero per sgattaiolare fuori del legno e prestare la mano ai due signori allorché i cavalli furono bloccati davanti al municipio di Duttogliano. Ma eccoli di nuovo impalati ai margini della carrozza a trasmettere minimi segnali d'intesa, di allusione e di commento ai due colleghi sull'attenti davanti al portone del palazzetto che aveva inghiottito gli ospiti e i loro accoglitori.

La visita non si protrasse oltre la mezz'ora, tempo giusto per i convenevoli, per sgranchirsi le gambe, sorbire il caffè, buttar giù un bicchierino di grappa e consumare un pezzo di sigaro. Anche le due guardie ricevettero un piccolo conforto dalla bottiglia del postiglione, complici i compagni del luogo. Il viaggio riprese trovando un'ultima difficoltà di percorso nella ripida discesa da Duttogliano.

Il ritorno al galoppo stimolò quell'euforia larga e pavida che nel primo mattino si riproduce nei corpi ristorati da bevande forti. Alla vista del trenino per Gorizia, che correva quasi parallelo alla sua sinistra, il vetturale incitò i cavalli a una giovanile sfida. Il macchinista tenne duro ma fu costretto a rallentare per far sosta alla stazioncina di Skopo. La carrozza procedette spedita e, uscendo da una curva, San Daniele apparve su tutto il fianco di un poggio, così raccolta e solenne che un raggio di sole sembrava favorirne la visione.

A distanza risultava chiaro che il borgo turrito s'infittisse coi suoi diversi ordini di casupole al di sopra delle cinta fin quasi al cocuzzolo, dove un margine di vegetazione nascondeva la rocca. A guardarlo invece da sotto la porta, esso non prospettava che i bastioni collegati fra loro da mura merlate e da un paio di imponenti edifici chissà quando e da chi abitati al completo. Ma, oltre a questa struttura infrequente nel Carso, il paese possedeva una particolarità ancora più insolita e forse unica al mondo: il suo campanile si ergeva regolare fino alla torre campanaria, sulla quale si sovrapponeva la cima allungata e un po' approssimativa di un minareto. Costruzione quasi conclusa in una normale sequenza della nostra storia e finita, forse anche per sfregio, durante un'incursione turca? O piuttosto capriccio di un artista nostro trasferitosi di persona, o soltanto con l'immaginazione, nei paesi della Sublime Porta? A render difficile una risposta contribuisce il fatto che la pigna affusolata appare come un unico blocco di malta quasi strizzata tra le mani, a somiglianza del fango e della sabbia bagnata coi quali amano impiastricciarsi i nostri ragazzi. Si tratta sempre di un'eccentricità un po' misteriosa alla quale presto ci si abitua se non altro perché se ne sta da secoli a ingrigirsi insieme alle altre costruzioni del borgo medievale, senza che alcuna autorità ecclesiastica abbia avuto da lamentarsene. Resta infine da osservare che il pezzo di minareto issato sulla chiesa cattolica accentua un che di piratesco perpetrato durante le scorrerie nella fortezza, la quale funge da sbarramento tra il Carso e la piana del fiume Vipacco che va a rasentare Gorizia.

Il figlio del sagrestano, salito di nuovo in vedetta, aveva dato segnale fin dal primo apparire della vettura municipale e poi era rimasto a fantasticare sull'affannosa rincorsa del treno, come fosse in disaccordo con la speciale spedizione o arrancasse per completarla.

Al primo suono di campana, dalla casa fortunata uscirono Dušan Skripac vestito nell'abito di nozze e la levatrice di Comeno, pure agghindata al meglio e col prezioso fardello poggiato sulle braccia. Nessuno avrebbe detto che tra i due intercorresse un'ostilità soffocata troppo in fretta; ma il falegname era un timido impedito a manifestare quanto gli bolliva dentro, la baba una vecchia volpe abituata alla dissimulazione. Marija tuttora a letto aveva dato loro l'ultimo ritocco e si era sciolta in lacrime non dovute soltanto a commozione.

Aveva assistito all'alterco sviluppatosi in seguito alla pretesa della vecchia di strappare al marito la metà del premio statale, ma il suo pianto non dipendeva per intero nemmeno dai rinfacci e dalle minacce che avevano infiammato la lite.

I paesani fecero ala alla loro entrata in chiesa, cercando di scorgere la testolina della battezzanda, accompagnata fino al primo dei banchi drappeggiato di rosso e imbottito di cuscini. Nel tempo che l'officiante indossò i paramenti si svolsero le presentazioni tra le persone di così diverso ceto allineate intorno alla festeggiata. Questa, il corpicino insaccato nella rigida *plàtizza* e il capo avvolto in una cuffietta di pizzo, dormiva placidamente. Ad assumersi anche il suo disagio futuro erano il padre, stretto tra il capitano delle guardie, in grado quanto nessun altro di leggere nella sua cattiva coscienza, e l'odiosa vecchia sulla quale lui faceva ricadere l'imbroglio. Stava sulle spine per rischi più immediati e più veniali: che la piccola producesse qualche inconveniente naturale, atto a offendere o infastidire dei signori di tanto riguardo, i quali soltanto rappresentavano il vero padrino.

Iniziò la messa che scorse rapida tra i canti liturgici intonati dal coro e l'esecuzione dell'inno sovran-nazionale. Dal sermone, indirizzato alle due massime autorità distrettuali le quali segnavano il loro apprezzamento con secchi cenni del capo, il pubblico dei fedeli apprese che un simile battesimo, per quanto riguardava le province prossime all'impero, si svolgeva nello stesso giorno soltanto in due chiese di Trieste e in una del goriziano. L'attesa cerimonia venne solennizzata da un concerto d'organo sostenuto da un maestro di Lubiana. La gente uscì dai banchi e accerchiò il gruppetto in vista, a cui si erano aggiunti il celebrante, il sagrestano e la vicina Majda che reggeva una candela accesa. I padrini per procura spalancarono i cofanetti offrendo alla luce delle lampade una pergamena con lettere dorate recante la firma del sovrano e una catenina con grossa medaglia in oro finissimo che destò stupore, ammirazione e per la prima volta, da quando il caso era stato aperto, smosse l'invidia delle donne.

Il volto del falegname si rischiarò: quanto splendeva davanti al suo sguardo per poco non eguagliava in valore anche materiale il donativo in denaro (ancora al sicuro nella tasca dello *zupano*), dandogli modo, dopo aver sottratto la percentuale voluta dalla baba e le altre spese, di ricomporlo e custodirlo come dote per la figlia. La quale di lì a poco ebbe un nome che per volere concorde fu Frančiška Jožefa.

Le cose possono essere andate all'incirca così. Resta un seguito da aggiungere, che non è dei più piacevoli e al quale mi spingono le stesse deduzioni finora sviluppate, non già la convenienza di liberarmi di una figurina chiamata ad assumere una parte non trascurabile nella nostra storia. Voglio dire che la povera Marija, comparsa appena nella convenzionale trama, era presto destinata a scomparire del tutto. Sono abituato, e più ancora lo è la gente qui rappresentata, a non ottenere un buon trattamento dalla fortuna senza dover rinunciare a un'altra cosa. Sul ben di Dio degli Skripac pesava inoltre una macchia quasi innocente e tuttavia non tale da rimanere impunita: quella di aver frodato sui tempi della nascita della futura e probabile Franziska Jožefa.

L'infrazione valeva la pena di compierla, un'ora più o un'ora meno è cosa di poco conto in un evento di tale portata, quando la sorte ci si presenta tanto eccezionalmente favorevole da istigarci a non lasciarla perdere. La gestante si presentava debilitata già agli ultimi giorni della gravidanza. A quel ritardo lei aderì passivamente concedendo tregua a un corpo che si rifiutava al tremendo sforzo. Stretto dal turbine di emozioni ed apprensioni, Dušan non tenne in gran considerazione che la baba di Comeno, come si era voluta liberare della sua persona, così si era tolta di torno la loro vicina molto prima che lui fosse risalito alla bottega. E se in quel momento di massima trepidazione e poi di gioia insperata avesse prestato maggior attenzione al letto raffazzonato della sofferente, avrebbe scoperto che esso era intriso di sangue.

Discutibile sul piano morale finché si vuole, la levatrice ne possedeva di mestiere dopo aver assistito per trent'anni tutti i parti della zona. Capì che la smilza e fiacca sposina in nessun modo ce l'avrebbe fatta da sola. Il ritardo provvidenziale a tutti gli effetti metteva però in rischio la vita della madre e più ancora quella del nascituro. Aveva tolto dal borsone una forbice e, senza che la donna se ne rendesse consapevole, le aveva allargato l'apertura. La piccola produsse lo squittio avvertito vagamente dal padre, e poi non diede altro segno di vita. La percosse ancora, le inalò il proprio fiato nella bocca e doveva intanto badare all'emorragia della madre e tener d'occhio quello stupido orologio. Un assillo e l'altro le rubarono del tempo prezioso favorendo la generale attesa. Quando vide il falegname precipitarsi nella stanza col proposito di non più abbandonarla, riscosse brutalmente la neonata, tamponò ancora la ferita della donna, ricompose il letto dopo averne tratto fuori la bambina, e ne richiamò le forze che le rimanevano mediante l'ago della spilla.

C'è un fatto, ben più valido delle mie supposizioni fondate sul nulla, a congiurare alla fine prematura di Marija. Da quando sono ancora in grado di ricordare, mai il suo nome venne fatto nelle lettere già in mio possesso, né vi fu un accenno alla sua figura né da parte dell'uomo in procinto di sposarne la figlia né da lei stessa, sia pure in forma indiretta, come non ne conservasse un preciso ricordo cui indirizzare un lamento, un sospiro, dei quali l'indole della ragazza non era schiva. Spremendo ancora la memoria mi ritorna una sua esclamazione così convinta, da essere ben recepita da uno dei due corrispondenti fino a indurlo a fissarla sulla carta: "Sono nata sfortunata, non sarò mai felice".

Sfortunata da quando se, portata e costretta a misurare le parole, tale si riconobbe alla prima minaccia del naufragio delle nozze e poi si ripeté dall'interno del proprio guscio? *Ab initio*, dalla nascita, come esprimeva il suo reclamo. Ma questa non era avvenuta sotto auspici d'eccezione? Sì, comportando però una perdita incolmabile.

Alle esequie di Marija, officiate frettolosamente una settimana dopo il battesimo, il versetto del salmista "Dio dà, Dio toglie" sembrava coniato dal celebrante per il caso del falegname Skripac che nel giro di pochi giorni era stato oggetto del massimo onore e della più cupa desolazione. Altri argomentarono invece che una morte per parto non è infrequente nemmeno nelle città dotate di medici e ospedali, e che a consolazione rimanevano per sempre al Dušan gli attestati del privilegio e una somma che sarebbe stata benedetta da altri giovani mariti privati della loro sposa.

Nessuno si chiese quale sorte avrebbe avuto la piccola e se l'anno, il secolo, che si erano aperti per tutti sotto quei segni ambigui, sarebbero stati buoni o cattivi.

IV

La figlia del falegname, che veniva prevalentemente chiamata col primo nome di Frančiška, pronunciato nella zona Franziska, in omaggio al grande padrino, per molti anni non ebbe cognizione ferma della propria nascita. I compagni di gioco le usavano preferenze e delicatezze che le pesavano poiché le attribuiva al fatto di non avere una mamma. Spesso però, nella foga delle loro dispute e delle scorribande, saltava fuori un'allusione che muoveva tutti al riso e alla quale lei finì per abituarsi: «Tocca a lei che è la figlioccia dell'imperatore!...».

La Stefka, un giorno di pioggia che le aveva costrette a trasferire i loro trastulli nella soffitta della compagna, le contrastò il diritto di ritenersi una del paese perché lei era nata altrove e a San Daniele l'avevano portata le guardie. Tempo dopo la Kate, che era più grandicella e malgrado fosse zoppa già andava a prendere l'acqua di casa alla fontana, mentre aspettavano che la secchia si riempisse, con un velo di cattiveria negli occhi le rivelò quanto a suo riguardo mormoravano le donne: che sua madre aveva incontrato nel bosco un vecchio cacciatore, il quale poi si seppe era l'imperatore così vestito per non farsi riconoscere; si erano baciati e alla madre crebbe un fungo nella pancia, che s'ingrossava, s'ingrossava, e un giorno scoppiò e dal fungo venne fuori lei, e sua madre per la vergogna morì.

Franziska si sentì agghiacciare, accompagnò per un tratto la zoppa e all'altezza della propria casa la lasciò, corse dentro e proruppe in singhiozzi, sulle ginocchia del babbo stentò a calmarsi e infine gli raccontò ogni cosa.

Dušan riuscì pian piano a disperdere la cattiva fandonia, frutto della mente maldisposta della ragazza segnata, ma gli rimase un risentimento verso quella famiglia che covava invidia nei loro confronti. Del resto tale atteggiamento restava isolato, la stessa piccola se ne rese conto poiché tutti al paese le mostravano tenerezza e perfino un rispetto che gli altri bambini non conoscevano.

Anche gli affari del falegname prosperavano, le ordinazioni non facevano difetto e lui migliorò nel mestiere, ricorrevano alla sua bottega contadini di paesi lontani. Quelli in maggior confidenza, indirizzando la celia al suo legame con la Casa di Vienna, gli chiedevano: «Come va col tuo compare? Quando vi siete visti l'ultima volta? Vedi di portarcelo un giorno qua a raddrizzare le cose».

Dušan replicava a tono, un po' divertito, ma cambiava presto discorso riprendendo a piallare e a segare, così che venne a passare per un uomo taciturno che era meglio lasciare al proprio lavoro, nel quale non aveva rivali.

Non si risposò. Per governare la casa e curare meglio la bambina prese con sé una sorella rimasta zitella a Kobjeglava, da dove lui stesso proveniva. Franziska le si attaccò anche perché la zia Mila era una sarta provetta, la vestiva meglio di ogni compagna e ciò contribuì a sigillare quella distinzione che il paese da tempo le riconosceva.

Avendo rinunciato alle dirette ambizioni di donna in via di sfiorire, la zia credeva al titolo della nipote e agli onori che ne avevano accompagnato la prima settimana di nascita. Nei suoi racconti tendenti all'amplificazione, nutriti da una fantasia autocompensativa, Franziska era stata acclamata dalle autorità distrettuali al suo primo battere di ciglia, una delegazione viennese l'aveva scortata dalla casa al fonte battesimale, alla sera l'imperatore in persona si era felicitato della festa mediante il telegrafo. I doni custoditi nell'armadio della camera in cui era venuta alla luce costituivano un pegno della sua futura vita a corte, alla quale occorreva prepararsi adeguatamente. "Per quale altro motivo ti sono state donate le mille corone che tuo padre non toccherebbe per tutto l'oro del mondo?" Curava il suo stesso abbigliamento piegandolo verso tinte scure e fogge antiquate come per un addio definitivo al tempo presente e alla propria esistenza personale.

Prima della venuta di Mila a San Daniele, il padre aveva condotto la bimbetta con sé a Vipacco su un carro noleggiato per far provvista del legname dolce della valle. Entrati nell'ufficio postale lei scorse sulla parete il ritratto di Francesco Giuseppe. Lo fissò restando sorpresa e sempre più delusa. Se lo era figurato grande e forte, guida di tutti i soldati, e lo vedeva troppo vecchio per tenere un bambino a battesimo, anche per fargli da nonno. Incurvito dagli anni, mascherato dal pelo su gran parte del viso, sembrava reggersi dritto per far vedere tutte quelle medaglie al petto mentre lui in cuor suo preferiva andarsene, morire, e per la rabbia che non lo si volesse ascoltare pareva sul punto di abbaiare come un cane.

Ma quando la zia le portò un album con tante fotografie di duchi e principesse, tra i quali l'imperatore spiccava più giovane degli altri, alto e snello nella casacca bianca e i calzoni azzurri, lei riconobbe il suo padrino ideale e pensando al ritratto di Vipacco corrugò la fronte, si rabbuiò. «Ma ora è vecchio» disse. «E io come potrò incontrarlo? Chi mi vorrà alla corte se lui non ci sarà più?»

Zia Mila uscì in una risata consolatrice, poi la contrastò: «Intanto il nostro augusto padre non è vecchio quanto sembra a te. E poi ogni sua volontà ha da essere per sempre rispettata. Se ha voluto farti da padrino, sarà tuo sàntolo anche dopo la morte, che Dio ce lo mantenga per anni e per decenni!» scongiurò con le mani levate. «Forse che i parenti cessano di essere tali dopo che uno se ne va al Paradiso? Tu vuoi ancora bene alla tua mamma, non è vero?»

Franziska annuì ma un pensiero la richiamava altrove. Da non molto aveva appreso che le circostanze del suo fortunato battesimo non erano toccate a nessun altro del Carso ma sicuramente ad altri bambini dell'Austria-Ungheria, a incominciare da Trieste. Ed espose la propria contrarietà.

La zia stavolta si sforzò di ridere e, ancora fingendo, con la mano tesa menò un fendente sull'ipotetico numero dei concorrenti. Si chiuse nelle spalle traendo a sé il pollice. «Intanto a corte ci vanno soltanto le femmine, mentre i maschi sono chiamati a farsi onore nell'esercito. E poi,» abbassò la voce e le si avvicinò «l'imperatore vuole bene a noi sloveni. Le

cuoche, le balie, le dame di compagnia dell'imperatrice e delle arciduchesse sono state e sono ancora
tutte slovene. Guarda la baronessa di Riffenberg,
che fu a corte fino al giorno del matrimonio, si può
dire, e potrebbe tornarci a suo piacere!»

Questo nome fatto a caso era destinato a risuonare
di lì a qualche anno.

Zia Mila vantava un buon numero di conoscenze
tra le famiglie più in vista del circondario, specie si-
gnore che si servivano delle sue agili mani di sarta e
se ne dichiaravano soddisfatte. Tagliava e cuciva per
le mogli di podestà, medici, farmacisti, funzionari
statali e di ufficiali, e per qualche loro vecchia sorella. Per prendere le misure e consegnare le ordinazioni portava la nipote con sé a Comeno, Duttogliano,
Tomadio e Sesana. Dovunque Franziska veniva presentata quale figlioccia dell'imperatore.

In breve tempo le presentazioni divennero superflue. Le eleganti dame accoglievano la fanciulla con
affabilità, le offrivano dolci e sciroppi, la sollecitava-
no a giocare con le loro figlie. Queste la introducevano in ogni cantuccio della casa, sempre alta, piena di
stanze e di sale, dalle soffitte spaziose e stracolme di
mobilia antica e oggetti rari, nei cortili che si apriva-
no sul giardino e conducevano alle cantine, alla stalla
dei cavalli, alle rimesse delle carrozze.

Le si spalancavano un mondo e una condizione di
vita inimmaginabile dalla casetta di San Daniele. Veniva a conoscere l'ultimo modello di bambola e vettu-
re superate dalla moda e acciaccate dagli anni, pendo-
le che scandivano i quarti d'ora trascorsi, apparecchi
che indicavano il tempo esterno e lo sapevano prevedere. Cominciava a distinguere tra le nuove compa-

gne e i loro fratelli. Al paese non correva grande differenza tra loro ragazzi che si raccoglievano sul sagrato o salivano sulla rocca tra la merenda, il pranzo e il caffelatte pomeridiano, abbandonandosi ai giochi introdotti dai più grandi ma accettandoli anche quando venivano suggeriti con originalità da un piccino (ed erano i più audaci, conducevano ai binari del treno che non bisognava mai attraversare). Qui le maniere messe in evidenza, gli sguardi insistenti, le confidenze rivelate, non solo delineavano i differenti caratteri ma lasciavano indovinare il tipo d'uomo e di donna che quei compagni si erano già scelto per la vita adulta, certamente ricca. Ecco, per ognuno contava apparire diverso in un'esistenza priva di preoccupazioni.

Franziska sentiva prepotentemente di non appartenere e di non voler far parte di tale cerchia favorita. Il medaglione d'oro e l'attestato in pergamena che attiravano l'attenzione di ogni paesano capitato nella sua casetta, erano ben poca cosa rispetto alle collane e alle parures che le sue ospiti sottraevano per pochi istanti alla custodia delle madri, alle onorificenze e ai diplomi dei padri che ornavano la sala da pranzo. Rimarcavano semmai la modestia del proprio ambiente sul quale il caso, una coincidenza di circostanze indovinate, come accadeva al solo numero vincente della lotteria, avevano fatto piovere un po' di fortuna.

Di quelle escursioni con la zia, compiute quasi sempre a piedi, talvolta col treno per Opicina, amava soprattutto i percorsi lungo le stradine che s'inerpicavano tra i brevi rilievi e le doline (le pareva che i primi per elevarsi avessero prodotto l'incavo esatto delle seconde come il buco nella gengiva di un dente estratto), l'entrata nei paesi tra le case strette insieme e quasi prive di finestre per lasciar fuori la bora. Era un paesaggio povero, una vegetazione stenta tra i sassi, l'umidità l'avvolgeva in una larga morsa che ancor più si avvitava d'inverno ma che si spaccava a primavera fino a far crepitare le pietre quand'era estate. Allora i prati e i boschi si rivestivano di verde, a iniziare dai muretti che accompagnavano la strada proteggendo o rimarcando il corso per essa stabilito, anche nelle curve ampie e nelle svolte improvvise; e tra l'erba occhieggiavano mille fiori, le cime degli alberi erano meta continua di uccelli che guardinghi ricomponevano lo stormo e poi lo dirottavano ancora infidi su un'altra cima.

A quel lembo pietroso sempre cangiante e sempre ridotto, quasi un'increspatura della terra normale, s'intonavano le donne che si affrettavano con gli scarponi verso mercati dal guadagno e l'acquisto misurati, i loro mariti calati nelle doline ad affidare il seme a un humus di recente formazione e di breve durata, i ragazzi che rastrellavano le foglie per il letto degli animali, suo padre stesso il quale compativa le grandezze della zia. Essa pure non era che una solerte operaia già sdentata, dalla mano lesta a nascondersi la bocca, a deviare l'alito, quando parlava alle clienti di riguardo. Sottoponevano i loro accurati abiti alla polvere della strada, ai rovesci, agli strappi della bora, per risparmiare i soldi del treno e se qualche volta lo prendevano cercavano ogni pretesto – investendo di domande il bigliettaio, fingendo distrazione, scendendo d'improvviso alla prima fermata – per non metter mano al borsellino.

Un giorno andarono in visita a una famiglia di Tomadio. Franziska trovò un nugolo di ragazzine con le quali divertirsi, semplici e vestite alla buona come le compagne di San Daniele. Dallo stipite della porta ogni tanto sporgeva una testina nera che subito si ritraeva. Durante i giochi lei non perdeva di vista il curioso bambino che continuava il suo trastullo di affacciarsi e rientrare a mezzo viso pensando che nessuno lo osservasse. Era attratta dai suoi grandi occhi sbarrati e tristi, che la folta capigliatura nera metteva ancor più in risalto. Il piccolo prese coraggio e si mostrò interamente. «Srečko, vieni a giocare con noi» lo invitò dolcemente una sorella andandogli incontro.

«È malato» sussurrò a Franziska la più vicina delle amichette.

Srečko avanzò tenendo il mento sul collo ma non cessando di folgorarle con lo sguardo ardente. Fissava più insistentemente lei.

«Come ti chiami?» gli chiese Franziska soltanto per sentirlo parlare.

«Non te lo dico» rispose lui.

«E io lo so» lei lo canzonò.

«Allora perché me lo hai chiesto?» l'altro le ribatté.

Franziska non seppe rispondere. Guardava il ragazzino gracile dal perfetto ovale incorniciato dai capelli scuri, quasi pregandolo di venirle in soccorso, di lasciar perdere. E disse ciò che corrispondeva al vero: «Per udire la tua voce».

«Mi sei simpatica» stabilì Srečko, e le sue sorelle e le loro amiche scoppiarono a ridere.

Lui volse le spalle e scomparve. La stanza pareva essersi vuotata con la sua assenza. Franziska per la prima volta avvertì acuto e vagamente nostalgico il desiderio di avere un fratello, ma che fosse identico a Srečko, che fosse lui e non altri.

V

Partendo dalle sue clienti, la zia Mila riuscì ad accerchiare la baronessa di Riffenberg. Apprese che di rado abbandonava il castello sulla sottostante valle del torrente Branica e che la sua era una vita di ritiro immolata alla memoria del marito caduto nella battaglia navale di Lissa. Osò una visita con la nipote ormai sui dodici anni, corpicino acerbo ma già avviato a una snellezza da consolidare, mente sveglia e talvolta incantata nella quale infondere stimoli e sicurezza.

Portatesi al livello del fiume, per un tratto ne accompagnarono il corso, poi mirarono all'erta del castello biancheggiante tra cupe conifere. L'agile sarta sosteneva la salita con passo uniforme, diretta alla sua meta; la fanciulla la seguiva esitante, con il cuore in gola, come si avviasse a un luogo di punizione nel quale la precedente vita conveniva lasciar fuori.

Aprì loro una donna di mezza età, piccola e rotondetta, dall'aria maldisposta, che, attraversato il cortiletto sul quale gravava un massiccio bastione, le introdusse in un edificio saldo tra le rovine e le fece attendere in una saletta disadorna. Dalla finestrella s'inquadrava il paesetto diviso dal corso d'acqua e la sovrastante catena del monte Čaven, tanto ravvicinato rispetto a come esso si offriva a San Daniele, da dare l'impressione di poterlo toccare con mano. La sua presenza ingigantita confortò Franziska: era lassù che ad ogni inverno lei vedeva posarsi la prima neve.

Ricomparve quella specie di governante contadina dai modi sgarbati, che si rivolse proprio a lei intimandole di seguirla. La zia venne colta di sorpresa, fu sul punto di chiedere spiegazioni, quando la donna prese per mano la ragazza e se la tirò dietro.

La signora sedeva alla scrivania di uno studio semicircolare, illuminato da un'alta vetrata alle sue spalle dove l'ambiente s'incurvava, mentre la rimanente parete, interrotta dalla porta, era rivestita di scaffali di libri, ritratti, diplomi e parecchie carte geografiche. Era una donna ancora bella, dai capelli color platino e gli occhi grigi; vestiva rigorosamente di nero e ostentava un fare asciutto, severo, che non incuteva soggezione, bensì rispetto. Interrogò l'ospite con una puntigliosità attenta e fredda senza dar incentivo alla curiosità e senza divagare in dettagli. Voleva sapere della famiglia, delle persone che lei frequentava, della vita a San Daniele, di ciò a cui si sentiva predisposta, di come si raffigurasse il suo futuro.

Col suo sloveno molto più dialettale Franziska non fu in grado di soddisfare se non a qualche domanda, un po' per timidezza, in parte perché si trovava del tutto impreparata. Espresse soltanto la sua gran voglia d'imparare, colmando le lacune, gli smarrimenti, i silenzi mortificanti che nei discorsi con le persone altolocate aveva visto allargarsi in suo padre, nella stessa zia e in tutta la sua gente. Da grande, affermò arrossendo, le sarebbe piaciuto fare la maestra. Nascose interamente le circostanze della sua nascita, ossia quanto per gli altri costituiva la sua eccezione, il suo unico vanto.

La baronessa, che l'aveva ascoltata in un silenzio privo di partecipazione, concluse il colloquio con un accenno di sorriso. L'accompagnò dalla zia ma si fermò, trattenendola, alla porta del bugigattolo comunicando: «La signorina rimane qui, se è questo che desiderate. Potrete venirla a trovare una volta al mese».

Interruppe le precipitose, incredule proteste della donna informando: «Non ha bisogno di niente. Troverà tutto qui».

La diretta interessata non osò neppure accomiatarsi dalla zia, far sentire la loro parlata familiare, ma si dolse di vederla andarsene così, raggiante, cerimoniosa e come bastonata.

Per la prima volta la vita della ragazza di San Daniele dovette assoggettarsi a delle regole precise e fisse, riconoscere un ordine nella giornata spartita in tante sezioni, imparare la disciplina, in virtù della quale lei perdeva centralità conformandosi all'esistenza di altri e, più ancora, a un complesso di norme stabilite altrove. La mattina era a esclusivo servizio della governante contadina e del suo ben più burbero marito. Li aiutava nella conduzione del castello, a provvedere di acqua e legna la cucina, apparecchiare la tavola della signora che prendeva i pasti da sola, lavare le stoviglie e via via strizzare i panni, pulire i mobili, le lampade, i vetri e i pavimenti.

Dal pomeriggio alla sera veniva affidata alla padrona, che cominciò a impartirle lezioni di tedesco, di corretta pronuncia e di calligrafia dello stesso sloveno, di matematica, storia e geografia. Si piegava con uno sforzo di volontà, spesso ricacciando lacrime di ribellione e autocommiserazione, alle faccende cui sovrastavano la Vida e il suo Boško mai soddisfatti delle sue prestazioni, pur di salire a metà giornata nell'oasi della signora e sottometterlesi interamente. Quelle lunghe ore non trascorrevano sempre tranquille. L'educatrice era donna esigente ma giusta, e Franziska si trovava spesso agitata da una trepidazione che però proveniva dal fondo di se stessa, dall'incapacità di tenere a mente una frase o un solo vocabolo, di afferrare un concetto, di evitare i soliti, connaturati errori; e l'impazienza della signora sferzava la sua umiliazione. Ma come s'irrigidiva con espressione stanca e delusa, così la baronessa sapeva dimenticare, interponendo una pausa di affrancata conversazione consolatoria, passando poi a una nuova lezione con piglio disteso e perfino sereno.

Nelle occupazioni fisiche del pianterreno lei si vedeva alla mercé dei due coniugi i quali, oltre a sovraccaricarla di lavoro, le indicavano le imperfezioni come intendessero scoraggiarla al punto da farla desistere e tornare a casa. Le era stata destinata una stanza accanto alla loro camera matrimoniale, dove li udiva congiurare ai suoi danni e litigare tra loro. Mangiava alla loro tavola, fra continui rinfacci come se a sostentarla ci rimettessero del proprio. Temeva soprattutto il Boško, sempre attaccato alla bottiglia, che si chiudeva in se stesso e s'ingrossava e incupiva, le indirizzava degli sguardi torvi, lasciava cadere il pugno bestemmiando e facendo levare la moglie, pronta a dargli sulla voce.

Franziska era preda di tre specie, o momenti, di ansie e apprensioni. Le gravava la vita serrata del castello che isolato nella fiancata del monte sembrava imprigionarla doppiamente con le sue porte massicce, gli sbarramenti esterni ed interni e la sua stessa mole, il suo peso incombente su di lei. La avviliva la commistione con la brutale coppia di guardiani i quali non la lasciavano elevarsi sopra la propria condizione di ragazza di paese e nei quali suo malgrado lei era costretta a riconoscersi parecchio. La baronessa e il piano del palazzo da essa occupato le trasmettevano una più sottile inquietudine come nascondessero segreti a lei inaccessibili, una seconda vita che si ridestava con le sue presenze, i suoi riti, le sue voci al calar della sera quando lei tornava al pianoterra a consumare la cena e trascorrere la notte tra i sospiri, i brontolii e le tenerezze scomposte dei coniugi contadini.

Bramava uscire all'aperto per guardare il mondo non dai vetri opachi e dalla grata della propria stanzetta ma per riassaporarlo intero nella sua vastità sconfinata, e le rare volte che le accadeva di raggiungere il paese per delle brevi commissioni, immagazzinava l'aria nei polmoni, riempiva la mente d'immagini e impressioni. Lavorava alacremente al mattino sopportando la malagrazia dei custodi, il loro alludere alle sue mire di conquistarsi i favori della padrona, pur di lasciarli presto alla loro cattiveria, salire le scale in un abito pulito e riprendere la propria istruzione.

In breve tempo fu in grado di scrivere una lettera a

casa, di leggere un libro di favole alla signora la quale, senza più interromperla, si rilassava sul divano socchiudendo gli occhi. Alla scolara piaceva soprattutto l'ora dedicata alla geografia, quando la sua maestra faceva lentamente girare il globo, le indicava i diversi continenti e gli oceani che vi si frapponevano; oppure, in piedi con lei davanti alla carta d'Europa, segnava con la canna di bambù i Paesi compresi nell'impero e gli altri che lo attorniavano. La sua immaginazione si dilatava sorvolando città celebri, regioni impervie, non incontrando mai confini, e il suo stesso senso di oppressione ne traeva beneficio. Desiderava che il trattenimento con la baronessa Gelda si prolungasse pure all'infinito, nel chiuso sicuro del suo studio in cui crepitava il fuoco del camino e, sollecitata, Franziska lo rianimava, dando occasione alla dama di rendere il colloquio più discorsivo.

Via via che il buio scendeva fitto e occorreva accendere le lampade, la ragazza avvertiva che le ore belle della sua giornata si stavano esaurendo e la padrona rientrava in se stessa, diveniva distratta e si mostrava stanca, impaziente di riacquistare la sua intera area. Il suono di una pendola, il colpo lontano di uno scuro contro la parete, il cigolio di un cardine, erano tutti segnali che il castello nel silenzio notturno imponeva la sua esistenza dapprima inascoltata.

Franziska si sentiva agghiacciare al pensiero dell'ala non abitata se non, forse, dagli animaletti e dai neri uccelli della notte. Si alzava udendo avvicinarsi il passo della Vida con i vassoi della cena e salutava la signora con il perfetto inchino che per prima cosa le aveva insegnato dicendo che nessuno sapeva eseguirlo meglio dell'imperatrice la quale ne era dispensata. Apriva la porta alla governante e ne aspettava il ritorno trepidando sul pianerottolo perché ancor più temeva scendere e trovarsi da sola con il marito ubriaco.

La zia veniva a trovarla misurando i passi che faceva e lo spazio che occupava. Ma si estasiava nel vederla cresciuta e ingentilita, tradiva un certo riguardo anche per lei. Le sue domande dapprima precipitose sulla sua nuova vita si andarono sempre più riducendo, trattenute sia da una discrezione imbarazzata sia da un'apprensione troppo assillante. Il suo sguardo cadeva sulle mani livide della nipote, saliva ai suoi occhi sfuggenti per riceverne una spiegazione. Con l'intuito della popolana cercava di familiarizzare con i due custodi del castello i quali in sua presenza si scioglievano, non lesinando premure né belle maniere, specie quando la visitatrice donava loro i prodotti di casa che la nipote rifiutava.

«È proprio brava la vostra Franziska, un po' troppo sulle sue, e talvolta distratta, capricciosa, ma col tempo si farà» commentava Boško versandosi l'aspro vino del Carso.

E sua moglie aggiungeva di suo: «Purché non si metta in testa di fare anche lei la signora perché qui non ne avanza neanche per quella di sopra» e sollevava il pollice verso il soffitto.

Di nuovo da sola con la sua ragazza, zia Mila se la teneva stretta, le lisciava i capelli, le chiedeva: «Sono duri, eh, con te questi due villani rifatti?».

«No» rispondeva Franziska dopo un silenzio grumoso.

«Resisti, figlia mia, più che puoi» l'incitava la zia con voce bassa. «Ogni cosa che impari resta tua e nessuno te la toglie.»

La nipote l'aiutava a rivestirsi con un senso di liberazione, ma come la vedeva attraversare l'atrio, aprire il portone, un tremito le saliva su per le gambe spingendola a correrle dietro e allontanarsi, sparire nel bosco con lei.

I suoi immediati e più veri padroni le affidarono la cucina in cui fare da cuoca e fare da sguattera. Si alzava col buio per accendere il forno e impastare il pane. Quindi era la volta di rendere rovente la piastra dell'enorme *spàrherd*, sulla quale mettere a bollire la carne per il brodo, pentoloni di acqua per i crauti, i fagioli, le patate, trasformate poi in gnocchi e in Kipfel col rispettivo gulasch. Le spettava quindi di preparare gli arrosti, al venerdì il pesce, ammannire i dolci. La Vida impartiva gli ordini, faceva gli assaggi, correggeva le pietanze, entrando e uscendo di continuo, spesso in compagnia del marito. La lasciavano sola nel cucinone costruito per grandi pranzi, sudata dalla testa ai piedi e atterrita di bruciare tutto. A mezzogiorno erano entrambi di ritorno, la moglie allineava i piatti nel vassoio, li riempiva pescando col mestolo nei vari tegami e saliva dalla padrona; il marito si serviva con le mani consumando il pranzo in piedi, lei si sedeva al tavolo stanca e nauseata, senza alcuna voglia né di mangiare né d'iniziare la parte buona della giornata. La cena veniva ricavata dalle vivande non toccate e tuttavia ne avanzava tanta di quella roba che Franziska non riusciva a capacitarsi nel trovare l'indomani i recipienti messi a mollo nella tinozza per essere lavati.

Una sera stando coricata porse maggiore attenzione ai soliti traffici che avvenivano in cucina. Udì e le parve di vedere come il contenuto delle pentole venisse versato in tanti cartocci, deposti poi in una cesta, che Boško afferrava prendendo subito l'uscio e scivolando fuori del portone. Ritornò tardi con passo incerto. Non si decideva né ad accendere il lume né a raggiungere Vida sprofondata nel sonno. Franziska lo sentì tastare la sua porta, quindi provare la maniglia, ripetutamente. D'istinto afferrò il guanciale e se lo strinse al petto come per attutire i battiti del cuore. Udiva l'uomo ansimare, bussare leggermente sul legno, chiamarla a voce bassa. Vida si ridestò, accese il lume e il marito si decise ad allontanarsi.

L'indomani mattina si trovava tanto depressa, avvilita, frastornata, che levando il paiolo dal fuoco lo rovesciò e parte dell'acqua bollente le si riversò su un piede. Gridò dal dolore ma nessuno venne a soccorrerla. Si trascinò sulle mattonelle asciutte, prese uno strofinaccio e si fasciò il piede divenuto una piaga. Ebbe una reazione fin nel basso ventre e dalle cosce sentì scenderle un rivolo caldo. Si scoperse e notò quel sangue al quale da tempo la zia Mila l'aveva preparata. Si fornì di un altro drappo e provvide a tamponare la seconda ferita. Non sapeva quale dei due incidenti la allarmasse maggiormente.

Ricompostasi la gonna, batteva i denti per il dolore che si concentrava al piede rendendolo una massa inarticolata. Mai si era sentita più sola, più esistente e responsabile di sé. In un momento in cui aveva massimo bisogno dell'aiuto altrui anche la zia le sarebbe riuscita un'estranea. Fu tentata di chiamare a gran voce la baronessa che non scendeva dal suo piano se non per le rare uscite, quando il pensiero la riportò al bambino di Tomadio con quei grandi occhi ardenti di vita e di malattia.

I due coniugi la trovarono in quella prostrazione. La donna inghiottì il rimprovero e si chinò su di lei, sfasciò il piede piegato. Suo marito si affrettò a informare che correva alla farmacia. Portò un unguento che le applicarono dopo averla trasportata nel suo letto. Quando la donna fu di nuovo sola con lei le chiese se le fossero venute le prime mestruazioni. Franziska capì a metà e assentì col capo. L'altra rientrò nella propria stanza e la rifornì del necessario. Poi con una dolcezza mai prima tentata le disse: «Non occorre che tu salga dalla signora questo pomeriggio. Le dirò che sei a letto con un po' di febbre. Può succedere la prima volta; lei capirà».

Boško ritornò dal paese e, come si fosse da sé intonato alle nuove maniere dispiegate dalla moglie, disse di aver portato un unguento ancora più efficace, in uso da sempre tra i contadini: il fango prodotto dalla mola dell'arrotino. Era fresco e le fece bene. Le recarono una tazza di brodo. L'uomo grasso, dagli occhi torbidi, si rigirava il cappello tra le mani parlando in modo sconnesso: «Tutti questi lavori... Io ti credevo più grande, alta come sei... Tu, Vida, tornerai al tuo posto in cucina. Ti sei arrangiata per tanto tempo da sola e adesso la nostra piccola potrà darti una mano. Quella le è rimasta buona» scoppiò a ridere di malagrazia.

Franziska cedette al sonno. Si ridestò quando una mano le si posò sulla fronte. Percependo ma non chiarendosi che era una mano amica, incontrò gli occhi della signora Gelda. Scoppiò in lacrime e la baronessa si lasciò cingere il collo dalle sue braccia. Lei stessa le accarezzò i capelli e la baciò su una guancia. L'effusione rara che la ragazza riceveva allontanò ogni precedente attestazione di simpatia.

La padrona si staccò e impartì precisi ordini con la sua voce incolore, non dura. Preparassero un letto in camera sua e ve la portassero.

Mancavano poche ore al tramonto, la giornata era bella, l'oscurità tardava a calare. Seduta sul lettino, la signora la stava osservando con tenerezza. Le afferrò una mano e sgranò gli occhi. «Sono queste le mani della mia damigella?» chiese con tono teatrale che non celava il disappunto. Poi ridivenne seria, biasimava col capo e insieme si affliggeva: «A che lavori ti hanno costretta, piccola mia... E tu non me ne hai fatto parola. Ma ora tutto è finito, non scenderai più da loro».

Franziska ne fu raggiante come la luce che infiammava gli occhi e la capigliatura sospesi sul suo viso, ma bramava che quell'ultimo scorcio di sole perdurasse trattenendo le tenebre che lassù risvegliavano una vita innocua quanto avversa alla sua natura.

Le pareva che Vida fosse disposta a recarle la colazione a letto, a servirle il pranzo e la cena attingendo dai vassoi della padrona, fintanto che si protraesse la sua malattia. Ma quando si fu ristabilita e aveva perfino calzato le scarpe, nulla mutò nel trattamento riguardoso né nelle maniere della domestica. Adesso anche le mattinate erano dedicate alla sua istruzione. La quale non veniva rigidamente suddivisa in determinate ore di studio di una materia, ma si alternava alla conversazione, formava un tutt'uno con essa. La signora Gelda trasmetteva il proprio sapere all'educanda senza accorgersene, vivendo la sua giornata.

Il loro rapporto divenne più intimo e insieme più elastico. L'anziana attendeva alle proprie cose private, alla cura della persona, del vestiario, degli oggetti di più frequente uso e della contabilità; la giovane si era assunta l'obbligo di tenere pulito l'appartamento e si applicava da sola allo studio ripassando le lezioni più ostiche con l'aiuto dei libri e gli esercizi sul quaderno. Scendeva soltanto per incarico della sua superiora a deporre la biancheria da lavare e ritirare quella stirata, a riferire preferenze nel menu della giornata. Vida l'ascoltava con aria allarmata, il marito in sua presenza si teneva il capo scoperto. Temevano entrambi che la ragazza del Carso salita alla predilezione della padrona avesse non poche cose da spiattellarle sul loro servizio. Franziska ostentava modi bonari per rassicurarli e divenne via via un'intermediaria tra i due settori della casa.

Usciva al paese per compere specifiche e commissioni anche riservate, allargando il giro di conoscenze e acquisendo nuove nozioni sulla vita pubblica della castellana. Originaria della Stiria, la baronessa si era trasferita in giovane età a Gradisca al seguito del padre, alto funzionario di corte. A Gorizia aveva conosciuto il barone Alfred che discendeva dai conti Lantieri e svolgeva servizio nella marina in qualità di primo ufficiale. Le aveva chiesto la mano al suo diciottesimo anno e si erano sposati quasi subito, ricevendo in dono il piccolo feudo di Riffenberg. Dopo neppure un anno d'ininterrotta luna di miele il barone venne richiamato a Pola per unirsi alla sua squadra e dar battaglia alla flotta italiana nelle acque di Lissa; era caduto eroicamente sulla nave dell'ammiraglio Tegetthoff. Ricevutane notizia, la sposa non si era più ripresa: aveva deciso di rimanere nel castello in attesa di ricongiungersi al marito quando Dio lo avrebbe voluto.

Del caso sfortunato Franziska aveva avuto sentore dal racconto della zia e in seguito dagli accenni raccolti qua e là, oltre che dai silenzi e i vaghi riferimenti della stessa baronessa. I dati più espliciti, che comprendevano pure la situazione economica non più fiorente della vedova, li ebbe ancora a sprazzi dai notabili del paese ai quali recava le istruzioni della signora, e dalla gente della strada. Una confessione indiretta le giungeva dalle lunghe notti da lei trascorse tra sospiri, preghiere biascicate, pianti silenziosi e invocazioni anche gridate nel sonno. Una volta desta, si alzava cautamente, percorreva la stanza, frugava in uno stipo, si addossava alle vetrate scostando la tenda e avvolgendosene il corpo ancora sodo. La ragazza rimaneva immobile per non venire scoperta interamente sveglia nell'atto di spiarla. Si chiedeva se fosse il castello coi suoi secoli di vite sconosciute a risorgere nelle ore di quiete scuotendo i nervi della povera donna, o se invece la sua inquietudine avesse il potere d'interferire in quell'ambiente sovraccarico di memorie. Certo era che l'uno e l'altra fossero venuti a trovarsi in perfetta sintonia; durante le ore notturne, allorché la baronessa dormiva da sola nel proprio appartamento, forse si compenetravano più estesamente.

Una notte le ruppe il sonno lo scatto di una serratura. Si alzò su col busto, la porta della stanza era spalancata sul corridoio, lasciando filtrare una corrente d'aria. Fu in piedi, si gettò una vestaglia sulle spalle, si diresse all'uscio trovando pronta la scusa di volerlo richiudere, sbirciò nell'andito, avanzò a piccoli passi, si lasciò guidare da una fioca luce che usciva dall'ultima camera in fondo, solitamente sbarrata. Mentre procedeva, il chiarore s'intensificava. Udì lo sfrego di uno zolfanello, la luce crebbe.

Si portò fino al battente socchiuso e per prima cosa il suo sguardo ormai abituato all'oscurità fu investito dalle fiammelle di due ceri. La padrona stava inginocchiata ai piedi di una figura che si sarebbe detta umana, eretta e troppo rigida per sembrare viva, per apparire vera. Colpiva il biancore degli abiti, dal mantello ai calzoni e perfino al berretto con la visiera. Uno schianto nel petto fece capire alla ragazza che era l'uniforme del marinaio ucciso, montata su un manichino. Orrore e pena, ribrezzo e commozione, i più opposti sentimenti si contendevano il cuore della giovane di fronte a quella scena. Formulò un pensiero che le rimase oscuro ma che contribuì ad acquietarla. Continuava a essere terrorizzata dall'apparato funebre che pareva concentrare la sua paura per la parte ignota del castello, ma la vicinanza della buona padrona, e in piccola misura amica, la rassicurava. Per cui intuì che la morte tanto più diventava terribile e tetra quanto più la si voleva mescolare con la fiamma della vita. Ma quando la cara Gelda si levò dal pavimento e, accostatasi al patetico fantoccio, lo abbracciò forte, Franziska indietreggiò e corse via senza curarsi di sollevar rumore.

VI

La baronessa usciva poche volte all'anno dal castello, ma era consuetudine ferrea che scendesse al paese per assistere alla messa nell'anniversario del proprio matrimonio. L'unico vetturale del luogo, non sollecitato, attendeva alle otto del mattino davanti alla porta con la carrozza e i finimenti dei cavalli rimessi a nuovo. Contribuivano i paesani, curiosi di osservare le tracce di un anno lasciate sul volto della signora, a ricordargli l'appuntamento che alla fine di giugno segnava l'inizio della stagione torrida.

La baronessa salì nella vettura, seguita dalla sua damigella. Anche i cavalli conoscevano il percorso delineato da una discreta animazione in strada, dai volti delle vecchie affacciate alle finestre sopra i vasi dei gerani.

In quel mattino, che ancora tratteneva la frescura della notte, l'intero villaggio si era riversato fuori dalle case come intendesse riconoscere nel piccolo rito privato una ricorrenza che per solidarietà verso chi la celebrava con tanta costanza veniva ormai a riguardare tutti. Sennonché scarsa attenzione era rivolta al veicolo perfino impedito a proseguire per il suo breve tragitto. Gli uomini discutevano concitatamente occupando parte della strada per aggregarsi ai capannelli dove si dispiegava un giornale, le donne erano pure raccolte a crocchi e tenevano accanto a sé i bambini. Il vetturale si voltò e disse: «Cattive notizie da Vienna».

La baronessa scese sul sagrato, l'arciprete le si fece incontro con aria allarmata: «Come? Non sapete nulla? L'arciduca ereditario è stato assassinato».

«Ferdinando!» sfuggì alla nobildonna e il libretto di preghiere le cadde di mano.

«È successo ieri a Sarajevo, per mano di un fanatico, o meglio di un complotto bene organizzato. Dico io, andarsi a cacciare proprio nel covo dei...»

Impallidita, le labbra smorte, la signora lo interruppe: «E l'arciduchessa Sofia?».

«Uccisa anche lei. Sangue slavo sparso da mano slava, per nostra eterna vergogna!» commentò l'arciprete ed entrò in chiesa.

Lei si era presa il volto tra le mani sconvolgendo la veletta. «Povera piccola» mormorò. I suoi occhi che non davano più lacrime si arrossavano adirati, ribelli, anche per tale privazione posta loro dalla natura. «Ora sarà la guerra» quasi scandì con trattenuta soddisfazione che non sfuggì alla sua accompagnatrice, la quale le aveva raccolto il libriccino da terra e adesso reggeva un mazzo di rose seguendola lungo la navata.

Entravano quasi furtivamente, poi con maggiore scioltezza, altre persone che presto occuparono tutti i banchi e affollarono la chiesa, così che il rito intimo si trasformò in una messa domenicale coi paramenti neri.

La baronessa nel primo banco palesava fastidio, abituata com'era a vivere quell'ufficio in una solitudine resa appena pubblica. Lottava dentro di sé per mantenere saldo il suo lutto tra gli eventi in piena crescita che tendevano a travolgerlo. Al termine della messa gli altri anni soleva intrattenersi con l'arciprete, porgergli un piccolo contributo per la chiesa, visitare il cimitero. Ora, dopo la benedizione, si segnò di nuovo, prese per braccio la giovane compagna, uscì dal banco, si portò all'esterno, montò in carrozza.

Molti segni ebbe Franziska del mutamento intervenuto nella padrona. Si svestì e mutò abito davanti a lei. Parlava a tratti, dando voce ai propri pensieri e rivolgendolesi da una parte e l'altra dell'appartamento. Diceva: «Un soldato caduto in una battaglia vinta non conta nulla. Il mio lutto ho dovuto scontarmelo da sola. Ora si è mirato al cuore dell'impero e ne vedremo di cotte e di crude. Giungerà l'ora della verità anche per i codardi italiani! Ferdinando era l'unica persona degna di non far rimpiangere il grande zio. Altro matrimonio infranto sull'altare della patria sovrannazionale! La piccola era davvero deliziosa. Si erano sposati nell'anno della tua nascita».

Franziska la guardò stralunata, col viso in fiamme.

«Non sei nata insieme al nuovo secolo, divenendo figlioccia dell'imperatore?» quasi l'aggredì. «Loro si erano sposati nello stesso anno di baldoria.»

La ragazza che non riusciva a deglutire rivolse un pensiero rancoroso all'intraprendente zia Mila; ma ricordò che non aveva mai avvicinato la baronessa se non a distanza, con i suoi salamelecchi, anche di recente quando saliva al piano nobile e l'aspettava nel camerino delle visite come nel giorno della propria inattesa assunzione. La colpì un altro fatto emerso dal discorso spezzettato della signora: l'arciduca assassinato, erede al trono, era soltanto nipote dell'imperatore? Questi non aveva dunque figli? Era un buon zio interessato alla discendenza dei congiunti? Ecco perché aveva avuto l'idea, a cui lei dava sempre meno peso, di far da padrino a tutti i nati nelle prime ore del secolo.

Con la padrona, trasformatasi nel volto, nei modi, negli umori, negli abiti, ebbe modo di chiarirsi parecchi dubbi, poiché il loro più disteso conversare riguardava soprattutto la corte viennese e i diversi rami di nobiltà che ne fluivano e vi sfociavano. La signora Gelda aprì infine il corso alla passione che da cinquant'anni custodiva trattenendone l'impeto: l'ardito corteggiamento da parte dell'ufficiale Alfred, le nozze principesche, la luna di miele protrattasi per quasi un anno d'ininterrotto incanto, la brusca partenza e la tremenda notizia che metteva a morte ogni cosa, bruciava le speranze, intorpidiva i sogni, straziava i ricordi.

«Non restava che il dolore, e tu non immagini quanto esso sia vario, imperioso con le sue perfidie, le voluttà, i raggiri. Ma adesso sento che mi abbandona, lasciandomi vuota come una canna che non emette alcun suono. Ho vegliato per quarantott'anni su un povero corpo spolpato dai pesci e distrutto dalla salsedine. Ho tenuto compagnia al ricordo di un uomo facendogli da sposa, da madre e da nuora. Presto toccherà ad altre giovani donne.»

La condusse col pieno sole nella stanza dei suoi ritrovi segreti. «Tu mi avevi spiata, lo so» la rimproverò benevolmente. «E grazie a te da quella notte non vi sono più entrata.»

Vi persisteva un che di lugubre nonostante la luce pomeridiana che toglieva ogni alone alle cose. Gelda spogliò il manichino, piegando gli indumenti e posandoli su una cassapanca. Levò i ceri dai candelabri, aprì un armadio nel quale si allineavano altre uniformi e abiti civili. Un lungo cassetto conteneva binocoli, sestanti, bussole, carte marine, portolani; un altro sciabole, pugnali, pistole e scatole di bossoli. Porte e finestre vennero spalancate, l'aria vi circolava spazzando via odori e ricordi, pianti e preghiere, incubi e sospiri ebbri; il sole di luglio passava come un ferro da stiro sulle stoffe, sul mobilio, sul parquet e sui soffitti, essiccando larve e muffe.

Munita di una grossa chiave, la baronessa disse a Franziska: «Adesso devi essere tu a farmi coraggio. Qui non vi sono mai entrata».

Aprì con sforzo la cancellata abbassata sul secondo piano di scale, queste di legno. Le due donne presero a salire. Ad ogni finestrella che si apriva sul muro del bastione si fermavano a levare il catenaccio, spalancandola per guadagnar luce. E procedevano per un altro tratto. Un lezzo pungente veniva loro incontro, le scarpe affondavano nel molle.

Quando l'abbaino di lamiera fu rovesciato si accorsero che buona parte del pavimento era ricoperto di guano. Esso imbrattava seggiole e letti con le sole molle, cune e attaccapanni, madie, gabbie di uccelli, corazze, alabarde, archibugi, un camino con la sua cappa. Dalle travi del soffitto pendevano pipistrelli scheletriti, da un foro nel muro la coda di un ratto vivo.

«Vergine santa, andiamocene al più presto» mormorò la padrona e si attaccò al suo braccio sbalordita, schifata, ma stranamente priva di batticuore.

Riguadagnate le scale, la più anziana osservò: «Bisogna far salire i nostri due balordi a sgomberare, pulire e ardere ogni cosa. Ci troveranno il loro utile, sta' certa».

Uscivano nell'orto, una panchina di pietra all'ombra di un ciliegio le riparava dalla calura, era la meta per le loro letture. Ma sempre di più le attiravano le voci del paese. Scendevano e fin dalle prime case già destinate ai villici del castello non si udiva che parlare di guerra. L'Austria l'aveva dichiarata alla Serbia, pochi giorni dopo la Germania entrava in conflitto con la Russia, via via lo estendeva al Belgio e alla Gran Bretagna, mentre l'imperatore si scagliava anche contro il Montenegro e la Francia. La carta geografica rimasta impressa nella mente della ragazza si sconvolgeva, i confini naturali tra Stato e Stato saltavano e si ricostituivano astrattamente tra potenze lontane una dall'altra.

Al grande caos europeo faceva eco quello regnante nella piccola Riffenberg. I giovani venivano chiamati alla leva, i gendarmi recapitavano la cartolina di richiamo, i soldati in servizio affollavano i treni in assetto di guerra. Nessuno lavorava in quei giorni, le madri accompagnavano i figli nei luoghi di raduno, le mogli preparavano ai mariti il poco vestiario consentito, alcuni si erano dati alla fuga, altri si facevano malati o si ritiravano nei fienili e nelle casupole di campagna, qualcuno si ammalava per davvero nella testa.

S'incontravano ragazze in lacrime, vecchi che stringevano a sé i nipotini, fanciulli eccitati darsi battaglia coi fucili di legno, sconosciuti discesi nella valle e già smarriti.

«Voglio vedere gli italiani» scandiva la baronessa con voce tagliente. «Stanno prendendo tempo ma intanto gongolano. Questa guerra sembra fatta per le loro mire di espansione. Ma me non mi troveranno qua.»

Coerente coi propri piani, quando in Italia si formò e crebbe il movimento interventista, conclamato dagli "irredentisti" di Trieste, Monfalcone e Gorizia, la baronessa prese le sue decisioni.

Un carro sostava davanti alla porta del castello. Quattro facchini e i due custodi prelevavano la mobilia più preziosa e scendevano con precauzione per adagiarla sulla paglia stesa tra le assi. La signora e Franziska riponevano gli oggetti di valore in bauli e valigie.

«Su, deciditi» tornò a incitarla la donna anziana.

«Se fossi sola sarebbe facile» rispose la ragazza.

«Non andiamo poi in capo al mondo. E non ti farò mancare nulla.»

«Lo so, signora. E io stessa non vorrei lasciarla. Ma ho un padre, una zia.»

«Lo capisco perfettamente. E non so darti torto. Ma la situazione qui cambierà da così a così. Forzerà anche il tuo destino.»

Franziska guardava la bianca mano appena tremolante, volta con la palma all'insù e percorsa da solchi profondi e linee sfuggenti che non aveva mai notato; si stupì che essa riservasse degli enigmi ancora aperti. Istintivamente controllò in disparte la propria, non incisa dalla vita, e rabbrividì al pensiero di un carico di mistero tutto da compiersi, dell'allusione a una metamorfosi inaccettabile.

Scesero con i bagagli più leggeri. Anche la carrozza ora aspettava.

«Dobbiamo dunque lasciarci?» constatò la baronessa spalancando gli occhi.

C'era tanta luce in quello sguardo perso, tanta capacità di sofferenza e di rassegnazione, che la giovane si rifugiò tra le sue braccia uscendo in un pianto irrefrenabile. «Lasciarci mai, mai» protestava tra i singhiozzi.

Gelda la lasciò sfogarsi. Poi la scostò tenendola sempre tra le braccia. «Allora addio, figlioccia.»

«Arrivederla, signora.»

E la carrozza si avviò.

VII

Poco dopo il suo ritorno a San Daniele, Franziska si trovò immischiata nella guerra, a prestare aiuto nell'ospedale da campo allestito nei pressi della stazione ferroviaria. Era scesa a curiosare insieme a un paio di compagne parimenti cresciute, alle quali la legava soltanto il ricordo dei giochi infantili ai margini dei binari. Presto ebbe a che fare con soldati morti e gravemente feriti, medici scettici e idealisti, crocerossine romantiche, ancelle della carità a servizio di Dio, ufficiali sgarbati e cerimoniosi, ragazzi di campagna che essendo dei militari mutilati avevano perduto due volte la loro identità e speravano di riacquistarne almeno una. Era un mondo vestito in uniforme, la quale prevaleva sull'umanità impersonata dall'abito civile, cercava di accordarvisi ma finiva per imporsi sovrana.

Il padre le apparve invecchiato e impaurito, si esprimeva attraverso il proprio lavoro che conduceva con cura e lentezza un po' maniacali. Zia Mila invece era sempre in movimento. Nei giorni pacifici ma già inquieti del rientro a San Daniele, l'aveva condotta nei suoi giri di affari che più non si limitavano al lavoro di sarta ma s'incamminavano verso un piccolo commercio. Entravano così anche in casolari soffocanti per il fumo, sprofondati in un'antica miseria, dove la donnetta ciarlante prelevava pezze di lardo, rotoli di salsiccia, e vi lasciava rocchetti di filo, matasse di lana, bustine e aghi, babbucce con le suole di gomma. Erano passate anche per Tomadio e Franziska, cresciuta donna con tutti i suoi attributi morbidi e gentili, aveva riveduto il bambino malato. Egli aveva perduto la sua selvatichezza mascherata dai bruschi modi eccentrici. Si era allungato, lo sguardo intenso ma assorto continuava a risplendere anche oltre due lenti tonde. Le sorelle le confidarono che scriveva poesie sempre ispirategli dalla brulla distesa carsica, nella quale sembrava aver affondato una solitudine non arresa.

Con l'entrata in guerra dell'Italia e il successivo sfondamento delle postazioni austriache per conquistare Gorizia, i reparti imperiali erano arretrati e avevano allestito l'ospedale in zona sicura. Ma si udivano i colpi di cannone, gli scoppi delle granate, e i treni, la cui stazione più vicina era quella ai piedi del castello di Riffenberg, scaricavano sempre più feriti.

Franziska non trovò altra occupazione né diversivo fuori dell'ospedaletto recintato. Lavava le ferite e poi le fasciava, sottraeva ad occhi febbrili braccia e gambe, chiudeva altri occhi per sempre; veniva promossa a confidente, messaggera, figlia e fidanzata. Vide nudità conturbanti e cancrene verminose, capì ciò che del suo corpo attraeva, ricevette proposte oscene e baciamani con corredo di lacrime. Ebbe un'infarinatura di italiano, sveltì il proprio tedesco e il materno sloveno, familiarizzò col croato, assorbì alcune parole di ungherese, slovacco, boemo, polacco e rumeno. Si nutriva alla cucina del personale sanitario, fu richiamata alla fede cristiana, sopportò fastidiosi palpeggiamenti e si prestò a galanti passeggiate serali. Conobbe tutti i suoni di un corpo vivente e un corpo morente, le diverse gradazioni, distinguendo tra quelli che recavano sollievo e quelli che preludevano al peggio. Non per questo cessò di arrossire, come non smise di stupirsi, di sperare e cadere in delusione.

Passò a svolgere lavoro amministrativo, riempire moduli e cartelle, trascrivere i dati su un registro. Entrò in contatto col personale viaggiante delle ferrovie, ritirando bollette di consegna dopo avervi apposto la propria firma. Ebbe il suo primo stipendio che le permise di distribuire regalucci tra le corsie, rivoluzionare i computi per le spese personali, dare soddisfazione al padre e plausibilità alle fantasie della zia.

L'euforia subì presto una scossa deviante: il primo convoglio proveniente da Gorizia portò la notizia della morte dell'imperatore. L'annuncio fece piegare ogni testa, bloccare ogni movimento, sospendere qualunque operazione, propagandosi intorno come un visibile ma muto contagio. In Franziska dileguò l'ultimo sogno infantile lasciandovi un vuoto interrogativo e nostalgico su tutti i misteri della propria nascita. Attraverso i racconti della baronessa Gelda evocò le interminabili sciagure abbattutesi sulle spalle del grande vecchio e questa, che doveva riguardare esclusivamente lui, toccava perfino lei, San Daniele, il Carso; esponeva al caso un enorme Paese insidiato dalla guerra. Il pallore, i moti convulsi, le monche parole dei compagni del Campo convalidavano il suo pensiero e lo dilatavano.

Approfittò del momento inerte per salire al villaggio. Davanti alla chiesa il vecchissimo parroco camminava avanti e indietro per fronteggiare l'umidità novembrina. Scortala, si fermò ad attenderne l'avanzata studiando la frase da rivolgerle. Quando gli si trovò parallela sotto il muro del sagrato, il prete sospirò e disse: «Adesso vi sentirete un po' orfana, Franziska Jožefa...».

La giovane rispose: «È una perdita che colpisce tutti». E le baluginò un'idea. Ove fosse in potere di farlo, non sarebbe stato inopportuno contattare tutti i compagni di battesimo per corrispondere in qualche maniera al favore manifestato loro dal povero padrino.

«Già» concluse il pievano. «Il nemico ne approfitterà. E chi non ci è nemico?»

A casa il padre stava insolitamente in cucina, il capo piegato sulle braccia conserte. Uscì in una battuta che, qualora avesse avuto altri uditori, sarebbe stata tramandata nel paese come un risibile paradosso con cui introdurre e concludere situazioni amene. Dušan Skripac bofonchiò: «Proprio adesso doveva succedere!» e non si associava certo all'apprensione generale.

La zia Mila era volata ai frenetici preparativi in corso a Vienna per i più solenni funerali che mai fossero stati celebrati e ai quali avrebbe assistito anche la gente uscita dall'osteria. Stava preparando il pranzo e, rimestando nel tegame, ogni tanto lasciava cadere un'occhiata distratta sulla strada piena di pozzanghere.

Le truppe militari nemiche per davvero si rianimarono. In una delle innumerevoli battaglie per Gorizia l'esercito imperialregio rinculò anche da questa sponda dell'Isonzo e retrocesse lungo la valle del Vipacco. Nell'area dell'ospedaletto si rifugiarono uomini malati soltanto di paura. Seguì un'ulteriore avanzata delle truppe italiane che per altro scorrimento circondarono Monfalcone; le ultime resistenze austriache vennero spazzate via anche a San Daniele, dove s'insediarono medici e infermiere di tutt'altra uniforme e di contrapposta regione; risuonavano comandi e lamenti lombardi e veneti, emiliani e napoletani.

Se ogni storia d'amore ha il suo accidentale preludio, Franziska conobbe a pochi passi da casa l'uomo destinato a occuparle tutti gli affetti. Ma tale inizio di una impensata relazione subisce di solito un contrasto concertato dalle circostanze per farla fallire e trasformarsi poi in prova della sua ineluttabilità.

Il tenente Nino Ferrari di Cremona, un giovane di media statura e bruno, faceva parte del sesto reggimento del genio militare addetto ai lavori ferroviari. Giunto con la sua compagnia a San Daniele per perlustrare la linea ferroviaria nemica, non vi trovò che la ragazza intenta con altre volontarie a curare i feriti gravi che non avrebbero retto a un trasloco dal loro letto di pena. La signorina fu pregata di consegnargli il registro dell'ultimo movimento di ricoverati mediante tradotta. Lei stentava a capire la lingua italiana e l'ufficiale si aiutò col tedesco appreso al ginnasio-liceo e rispolverato soltanto di recente nei paesi del Collio goriziano. Priva di un superiore, la ragazza agì come qualunque altra donna del Carso avrebbe agito; si rifiutò di dargli ascolto.

Il tenente corrugò la fronte un po' troppo spaziosa, la sua bocca socchiusa da una sorpresa interrogativa si aprì su una chiostra di denti curati ma tendenti al grigio. In quegli occhi raggrinzati dalla derisione Franziska riconobbe il nemico, il diverso, la persona che avrebbe piegato il suo volere soltanto per costrizione. Posò sul tavolo il grosso quaderno e se ne andò.

«Che modi!» la rincorse con la voce il militare. «Dove va? Come debbo chiamarla?»

Lei proseguì senza voltarsi e una delle compagne rispose con tono un po' ruffianesco: «Franziska è il suo nome».

«Ah, Francesca» se ne appropriò il tenente italiano, e si ritirò coi suoi soldati.

La ragazza salendo verso la porta si rese conto che gran parte della gente stava lasciando il paese a piedi con fagotti o occupando le carrette colme di sacchi e masserizie. I più si avviavano verso la stazione per prendere la strada per Vipacco in direzione di Postumia, altri s'inoltravano più avanti nel Carso, verso Sesana e Monrupino. Nessuno scendeva a Riffenberg ormai conquistata dalle truppe italiane come la restante piana fino a Gorizia.

A casa trovò il padre e la zia indaffarata a raccogliere i loro beni, tra i quali riconobbe gli astucci blu del suo battesimo.

«Abbiamo deciso di rifugiarci a Trieste» proruppe la zia con aria sostenuta.

«Con tutti quegli italiani?» ribatté la nipote.

«L'Austria ci penserà due volte prima di perdere il suo porto» sentenziò la Mila.

«E io vi troverò lavoro» stabilì il padre.

Franziska aveva obiettato senza convinzione. L'idea la trovò presto consenziente. Tutte le persone del luogo trasferitesi a Trieste avevano incontrato fortuna, si erano come rischiarate nel volto, ingentilite negli abiti e nelle maniere, perdendo la ruggine dei paesi di nascita, dove non erano più tornate se non in visita. Le sue ultime esperienze l'avevano predisposta a questa mutazione, a cui lei si apriva senza impazienza né eccitazione. Franziska inoltre sapeva che se Trieste pullulava di italiani antiaustriaci e sempre più maldisposti verso gli sloveni, questi ultimi vantavano un centro di attività economica e un'organizzazione sociale capaci di farsi rispettare.

VIII

Vedeva per la prima volta il mare e ne rimaneva incantata, scossa nel profondo, quasi umiliata. Tutta la disinvoltura dei triestini italiani, le loro provocazioni, l'impassibile gusto di deridere, si originavano dal vanto di affacciarsi a quello specchio azzurro, privo di delimitazioni nella sua espansione frontale, e si manifestavano ai danni di quanti vi erano approdati dall'interno. Questo discrimine investiva in particolare gli abitanti dell'immediato retroterra, quasi fossero costoro a mettere in dubbio tale prerogativa o a pretendere di competere con essa. Proprio per loro era stato coniato il detto: "*Cicio* [abitante dell'altipiano che da Trieste si estende a Fiume] *no xe per barca*".

Tutto ciò rimarcava scioltezza da una parte e goffaggine dall'altra, disinibizione scettica e impaccio rassegnato; ma alludeva ad altro. L'orizzonte, che dalle rive triestine andava a confondersi col cielo, suscitava un richiamo preciso. Là oltre si stendeva l'Italia, splendente per il paesaggio, la storia, la cultura, le arti, che acuivano l'insofferenza di questi suoi figli che mai ne avevano fatto parte e avevano ostentato la loro ideale appartenenza in faccia ai rigidi occupanti austriaci (considerati ottusi, ritardati), e, più di recente, a quel branco di neoinurbati i quali pretendevano di possedere una loro identità, una lingua, una propria cultura, da far valere nell'auspicabile strappo dalla comune dominazione.

Le truppe italiane, che ormai ardevano della loro stessa brama di ricongiungimento, vi si avvicinavano combattendo lungo i selvatici sentieri del Carso, non potevano che solcare vittoriose quello specchio di mare. Altri eserciti e milizie e bande armate vi erano e si sarebbero presentate dalle spalle accidentate, non recando mai nulla di buono.

La situazione in realtà non era così ben delineata, il clima confuso e acre che stagnava in città sotto le apparenze dell'impaziente attesa, sfuggiva a chi ne era lontano o possedeva interessi e titoli per ignorarlo. In un secolo e mezzo Trieste aveva compiuto e concluso il suo balzo da borgo sui cinquemila abitanti, decentrato da ogni nucleo propulsivo, a emporio marittimo dell'impero con le sue centocinquantamila anime di diversa etnia, religione e costume di vita. Ma all'inizio del secolo la città ormai declinava e la guerra in corso, specie nei suoi ultimi due anni, l'aveva ridotta alla fame.

Il grosso della sua popolazione aumentata vertiginosamente era costituito dagli immigrati della vicina campagna, in prevalenza slovena e croata. Parecchi di essi avevano mantenuto fede e legame coi luoghi di origine, moltissimi li avevano tralasciati offrendosi al processo di assimilazione urbana che comportava simulazione, zelante imitazione e feroce ripudio. Due su tre triestini sfoggiano tutt'oggi un cognome addolcito dalla soppressione di alcune consonanti, aggiunta di vocali, traduzioni audaci o imbarazzate dallo slavo (molto meno del tedesco) all'armonioso idioma italiano. Toccanti per la loro deliberata speditezza i Bernetich che diventano Bernetti, i Molch trasformati in Molocchi; ingenui i Krabel che rinascono Corbelli, i Kramper che si firmano Carpani, i Blasich divenuti Di Biagio. Ma che è da eccepire ai signori Piemonte (già Podbersich), agli Esti (Oestenicher), ai Delfiume, Del Rio, Poggi e Ruscelli che tutti un tempo si chiamavano Potočnik?

Non è sempre detto che i meglio mascherati fossero conseguenti con la loro risolutezza nei confronti dei titubanti o dei refrattari a cambiar buccia, poiché si videro e si vedono non pochi italiani fanatici proseguire implacabili nel loro impeto antislavo e superitaliano vantando i propri nomi terminanti in *ich* e in *ez* perché secondo loro sarebbe doppiamente meritorio scegliersi una nazionalità anziché ereditarla passivamente o addirittura contrabbandarla (come a dire che è da attribuire a lode sia il rispetto di una lenta tradizione di famiglia, sia il personale impulso a sposare la causa contraria a quell'educazione). Giusto. Ma perché tale preferenza non si ferma là e necessita invece di un'incessante giustificazione incline a contrastare, a reprimere le ragioni altrui?

Risponde pure a verità che il cambiamento dei propri connotati esterni e via via interni fosse stato nella maggior parte dei casi dettato da interessi e bisogni, da dubbi e timori, e solo più tardi venne sistematicamente operato d'ufficio. Però, soffermandoci alla prima parte della sopraddetta affermazione, balza evidente che il fenomeno riguardò sempre l'etnia slava, parzialmente quella austrotedesca sempre più preoccupata e ristretta nel progressivo declino dell'impero, e mai l'italiana, neppure in futuro, quando altre amministrazioni e altri regimi avrebbero reclamato il ripristino dei cognomi originari e gradito lo spontaneo allineamento, mettiamo in un Deponte o un Apollonio, all'idioma ora vincente. Ossia in questa popolazione perlopiù campagnola si riscontra un processo mimetico, molto anteriore a quello civile e perfino sociale, circoscritto com'è alla lotta del singolo contro la miseria.

Più controllati e ridotti ma non meno tenaci, alla falange irredentistica italiana si allineavano, contrapponendosi, i nazionalisti sloveni liberatisi dall'apatia dei popoli senza storia e anelanti pure loro a una patria che presentava un suo territorio inequivocabile e altrove meno uniforme, possedeva una lingua e una tradizione culturale relativamente recenti, ma era tutta da costruire rafforzando in primo luogo questi suoi attributi certi. Tale nucleo era costretto a combattere su tre fronti: contro il gemello italiano che gli negava ogni diritto di esistere; contro l'autorità sovrannazionale austroungarica la quale gli aveva accordato chiese periferiche in cui si officiava in sloveno, una serie di circoli e istituzioni di varia natura che si condensavano nel centralissimo *Narodni Dom* (Casa del popolo), e mostrava di prediligerlo alla maggioranza italiana, sia in virtù del suo carattere più docile, sia per un'affinità maturata durante la lunga convivenza nelle regioni alpine. Un terzo settore della vita cittadina teneva in guardia gli animatori del partito sloveno: la fluttuante massa degli inurbati che, a differenza di quelli convertitisi all'italianismo più scatenato, vivacchiavano in un'amorfa passività, lasciandosi condurre dalla notevole fetta dei triestini di più antica residenza, i quali appartenevano ai quartieri popolari, traevano profitti non sempre trasparenti dall'attività portuale, rimpiangevano il recente passato di massimo sviluppo cantando "*adio pan de oto* [soldi al chilogrammo] *e 'l vin a trentasei*", e passavano naturalmente per austriacanti.

Era la plebe che scorgeva nella decadenza dell'Austria la fine del proprio piccolo agio, nell'allargamento dello spirito italiano dei siori il più vero indizio che la affrettava, ed improvvisava perciò qualche manifestazione punitiva. I pretesti si offrivano a iosa, riducendosi il contrasto all'eterna avversione degli indigenti per la classe benestante; e pertanto tali sollevazioni, lungi dal venir puntigliosamente organizzate, come avveniva per le proteste del partito socialista, tradivano la loro estemporaneità.

All'uccisione dell'imperatrice Elisabetta nel 1898 per mano di un italiano del Regno, gli scalmanati penetrarono nel Caffè degli Specchi dove i borghesi in panciotto con catenina d'oro stavano sorbendo il gelato. All'irruzione seguì un generale fuggi fuggi dai tavoli, le consumazioni lasciate a metà. Sgomberato il campo di lotta, ai sovvertitori della quiete pubblica non rimase che accontentarsi del bottino: riaccostare le seggiole ai tavolinetti con lastra di marmo e far fuori quanto restava dei gelati. Da allora gli austriacanti triestini ebbero un nome che li connotava: *leccapiattini*.

Ma quando, più determinati e stavolta, sì, coordinati, diedero fuoco alla sede del giornale "Il Piccolo", portavoce dell'anima italiana, il più insigne giornalista cittadino li descrisse genìa e canaglia.

Tra tali punte di parossismo ristagnava la vita quotidiana, divisa in asciutte giornate lavorative e nei giorni di festa in cui dar fondo ai risparmi della settimana. Ho finito per andare a sbirciare i giornali su quanto era avvenuto in città al passaggio del secolo, ed ecco in sostanza quanto vi ho trovato: "Per le contrade non s'incontrano che torme d'individui ciondolanti, il cui alito d'alcoolici si leva lentamente nella nebbia come una mefite; e vanno questi scioperati a bussare a tutte le porte, e scrollare tutte le borse di chi deve poi aprire le finestre per purificare l'aria che li ha accolti; vanno con un piglio fra tracotante e mendico, ma privo ad ogni modo di qualsiasi dignità umana, a domandare le mance che pagheranno il debito fatto dal vinaio in precedenza e l'aiuteranno ad alimentare il loro vizio per un giorno, per una notte ancora! No: così non può durare".

Salvo l'indifferenza o il fastidio per l'ebbrezza irredentista e antimperiale, nulla avevano da spartire con tale strato di derelitti gli austriacanti di convinzione, che a torto venivano associati ai leccapiattini e i quali erano in grado di consumare il gelato con le loro famiglie azzimate e infiocchettate al caffè Stella Polare, al Sécession, al San Marco, al Tommaseo e agli stessi Specchi, allungati d'estate sulla piazza Grande, in gara con i piccoli bar delle rive ad esporre tavoli e seggiole di vimini in faccia al mare o al suo naviglio. Erano funzionari statali, discendenti da famiglie immigrate da Vienna e da Graz, non disposti a cedere sul fronte di una nazionalità che s'imparentava con la grande cultura tedesca e costituiva l'amalgama di popoli non meno antichi e prestigiosi, dall'ungherese al polacco, dal ceco al rumeno; imprenditori e commercianti albanesi, bosniaci, turchi, serbi, greci, armeni, ai quali lo Stato sovrannazionale consentiva di professare la loro religione senza restrizioni né riguardi; ungheresi la cui patria benché non ancora autonoma dava il secondo nome al governo di tutti; boemi lontani sia dal modello nazionale italiano per la troppa distanza, sia da quello sloveno per un'angustia evidente.

Non figuravano nel partito filoaustriaco gli ebrei, la cui naturale lungimiranza e il necessario mimetismo li inducevano a riconoscere vincente la causa italiana, sostenuta dai loro rappresentanti di maggiore ascendenza. Da tempo gli ebrei avevano colto il nocciolo della questione, che cioè per essere buoni italiani a Trieste significava soprattutto rivelarsi degli ottimi triestini, ricalcandone le inclinazioni, le consuetudini, la mentalità, la parlata. La produzione letteraria in dialetto veniva per due terzi svolta da loro, ed era proprio attraverso questo vernacolo, di base veneta, di reminiscenze ladine e di gustosi innesti slavi e tedeschi, usato dalle rivendugliole del mercato di Ponterosso come dal presidente della Lega nazionale, dal correttore di bozze e da Italo Svevo, che Trieste proclamava la sua italianità particolare, con tutta la megalomania e la sostanziale insicurezza dei particolarismi.

Franziska si scontrò con una città incattivita soprattutto dalla fame. Un'annata disastrosa per l'agricoltura locale, le difficoltà dei trasporti, le esigenze dell'esercito stremato, avevano fatto esaurire le scorte alimentari e ne impedivano il rifornimento. Chi disponeva di denaro liquido si consegnava agli strozzini, altri cedevano gli ori di casa ai contadini dell'Istria e del Carso; ma la maggioranza faceva scomparire i colombi dalle piazze, i gatti dai cortili, i topi dagli scantinati.

Gli Skripac avevano trovato alloggio in una casa di viale Miramare, di fronte alla stazione ferroviaria. Dušan era stato assunto a giornata in una segheria di sloveni di Gretta. Diveniva sempre un problema mettergli qualcosa nella gamella per il pranzo, ma lui non la riportava mai vuota. Sua sorella Mila si era aggregata ad altre carsoline con le quali si arrampicava per i sentieri dell'altipiano riuscendo a rincasare con un sacchetto di fagioli, un cartoccio di farina di grano saraceno, una cotenna di lardo.

Aveva scoperto con la nipote che, nel giardinetto retrostante la casa, un pezzetto di terreno tra le piante di alloro si prestava a essere zappato e seminato a radicchio. Lavoravano di notte col sarchiello e l'annaffiatoio, spiavano la crescita delle piantine, le tagliavano alte e morbide come seta prima che si coprissero di rugiada. Che conforto mangiarle condite con due grani di sale, e quale delizia riempirsene lo stomaco servite a puntino e accompagnate con una fetta di pane. Questa qualità di radicchio, propria del luogo e detta "zuccherino", muore d'inverno ma rispunta spontanea a primavera. "Mangi sempre molto pane e radicchio?" scriverà un giorno il fidanzato. Ecco dove se ne riforniva fino a dicembre e poi a ricominciare da marzo.

Una rete di fili invisibili che si diramavano in varie direzioni, si spezzavano e si ricomponevano, teneva legata la famiglia da poco inurbata con quelle che da tempo avevano abbandonato il paese. Era sostenuta da incontri per strada e da visite prestabilite. La distesa carsica si ridelineava con un differente ordine, una diversa trama, come il rovescio di un ricamo. Si sapeva tutto di tutti, ma ogni cosa assumeva un'altra dimensione, un rilievo ora spropositato e ora tenue, quasi nullo. Nella sua vastità la città tendeva a brutalizzare, in forza anche del suo linguaggio sbrigativo. La Zdenka era stata vista a passeggio con diversi militari e dunque faceva la vita, la figlia di Milena aveva acconsentito di vivere col padrone di bottega, Janez era stato sorpreso a rubare, Mirko aveva perso il lavoro per la continua ubriachezza. Ma si veniva anche ad apprendere ciò che mai sarebbe riuscito stando a Comeno o a Duttogliano. La moglie del dottor Vladnik aveva il suo amante nella persona di un cancelliere del Tribunale, la figlia dei Dolenc non sposata né fidanzata aveva abortito.

Non erano sempre notizie denigratorie a riempire giornate all'improvviso dilatatesi, ore interminabili per chi non aveva un lavoro o non era progredito al dono della lettura. Specie fra giovani correva voce che la tale era entrata a far parte del coro della cattedrale, che il poeta Srečko aveva tenuto una declamazione al *Narodni Dom*, che il figlio dell'oste di Sveto era stato assunto alle poste. Emergeva un'altra rete, quella tracciata dall'organizzazione pubblica degli sloveni, con le loro scuole e i loro circoli, le persone di raccordo e quelle di massimo rilievo.

Un'insegnante fu avvicinata dall'instancabile zia Mila e, dopo una serie di prove scritte e orali, Franziska venne iscritta alle scuole superiori "Cirillo e Metodio" di San Giovanni.

La vita ricominciò a fiorire intorno a lei. La città divenne meno infida, più ampia e lineare, non si riduceva più a un angolo di via, a uno slargo tra case divise da enormi spazi da attraversare in fretta e a testa bassa per non udire, non vedere e non dover rispondere. Lei continuava a parlare il meno possibile, si limitava a replicare alle domande sforzandosi di adoperare la lingua italiana, non il dialetto poiché esso era il banco di prova che attestava se uno era del centro o della periferia, della città o del contado slavo: lo verificavano lievi ma inequivocabili sfumature, specie nella pronuncia, che muovevano a un disconoscimento brusco, a un perfido o ringhioso motteggio.

Adesso aveva le sue amiche, i compagni, i professori, tutto un ambito franco nel quale esprimere ciò che le passava per la mente in uno sloveno interpuntato da perentori termini altrettanto familiari del dialetto più diffuso: «Orka maštela! Sam se vzdigla e via mi! Boš vìdeu, merlo!».[1]

Possedeva il suo grembiule nero col colletto bianco, era dimagrita, le alucce delle spalle spuntavano sotto la stoffa, ma a molte compagne gli occhi rilucevano febbrili sulle cupe occhiaie, le gambe si profilavano scarne dal polpaccio alla coscia, i ragazzi con le guance incavate apparivano già uomini. All'ora della merenda si divideva una mela in quattro e fino in sei

[1] Tipiche contaminazioni, oggi in maggiore diffusione, tra lingua slovena e dialetto veneto-triestino. «Orca mastella! Mi sono alzata e via di corsa! Lo vedrai, merlo!»

spicchi, faceva però male vedere altri che preferivano non abbandonare l'aula.

Un mattino il cartoccio della merenda sparì da sotto il banco di Franziska. Si accanirono a voler individuare il ladro. L'acciuffarono nel gabinetto, era una ragazzetta timida che si stava ingozzando di pane stantio. La ricoprirono di botte, e, piangendo, sputando fuori il cibo masticato, la compagna rivolgeva tutto il suo odio alla derubata. Franziska si rese conto che l'identità slovena era un attributo il quale sottostava a tanti altri: alla condizione sociale, all'educazione ricevuta in famiglia, all'essere nati in città o l'avervi messo piede di recente.

Ma non mancavano neppure tra gli insegnanti coloro che imputavano la fame all'ostilità degli italiani verso gli austriaci, i quali si erano risolti a punire la città ingrata, non riuscendo più a colpire i caporioni irredentisti ormai in contatto con l'esercito penetrato a Gorizia. Loro studenti avevano imparato fosse prudente per tutti dividersi all'uscita delle classi e rincasare ognuno da sé o al massimo con un compagno, nascondere i libri, perché quando transitavano in gruppo verso il centro venivano accolti con urla, fischi, l'insulto scandito di "S'cia-vi! S'cia-vi!", perfino dai ragazzi delle elementari.

In tale clima la scuola non era sentita quale castigo, imposizione consuetudinaria a cui doversi piegare. Gli allievi scadenti venivano aiutati anche dai professori perché non era la volontà a fare loro difetto. Franziska eccelleva in certe materie e deludeva in altre. Ma presto si adeguò a ciò che la castellana di Riffenberg per forza di cose non l'aveva iniziata, ossia il metodo; e recuperò disinvoltamente quando capì che ogni lezione andava presa sul serio e finiva per integrare quelle da lei preferite. Migliorò perfino nei componimenti in sloveno, che già li si stimava molto maturi per la sua età.

Alla famiglia Skripac venne a mancare il sostegno principale. Zia Mila morì per un sovraccarico di fame non rivelata, di stenti pure destramente nascosti, di illusioni non più in grado di sovrapporsi alla realtà.

Tornata dalla scuola, la nipote la trovò riversa sul letto, fredda, che serrava nel pugno la medaglietta di Francesco Giuseppe. Maledì la propria nascita e il giorno in cui aveva lasciato San Daniele. Perfino il ricordo della signora Gelda, al sicuro nel suo rifugio in Stiria, le riuscì odioso. Erano nati poveri, avrebbero dovuto considerarsi e mantenersi tali. Lei era in età di svolgere un lavoro qualunque, non di gravare sulla famiglia sostenuta dall'impiego instabile del padre, dall'abnegazione inventiva di quella povera donna senza età, senza sesso, che non si era mai riservata un pensiero per se stessa. Il gracile Srečko di Tomadio aveva già abdicato a se stesso ma per riversare la propria pena sulla desolazione carsica che chiedeva giustizia innanzi tutto al suo impassibile Creatore.

Il padre rientrato nel tardo pomeriggio trovò la morta ricomposta, gli ori al margine del letto che sembravano illuminare la triste scena di una luce stonata, derisoria, beffarda. Si levò il berretto, s'interpellò e si fornì da sé ogni risposta.

La figlia afferrò il proprio dono di battesimo e

dolcemente gli disse: «*Papà*, credi che basteranno per il funerale?»».

Dušan si ribellò d'istinto: «Che pensi di fare? Quelli non si toccano. Neanche la tua dote è stata mai toccata» e si batteva il petto per garantire la propria parola come portasse la somma custodita nella giacca.

Franziska trattenne uno sbotto di riso acre, poi staccando le parole una per una disse: «La zia si merita questo e altro. Anche se non avremmo mai dovuto darle troppo ascolto».

Indossò il pastrano, buttò la catenella e la medaglia nella borsetta, strinse quest'ultima sotto il braccio. Il padre pose la propria condizione trasformandola quasi in minaccia: «Ricordati che li voglio indietro».

La giovane raggiunse il centro camminando speditamente in una indurita indifferenza. Salì le scale del Monte di Pietà, attese il proprio turno, estrasse il pegno, ricevette in cambio cinquanta corone e la polizza con la data di scadenza. Era strano come, incurante di sé e di qualunque altro, lei procedesse disinvolta incontrando identico disinteresse e, in qualche caso, rispetto e garbatezza. Alle pompe funebri si vide circondata da una cerimoniosità meccanica ma estremamente riguardosa, durante i funerali ricevette premure e qualche tono carezzevole.

Rincasati, disse al padre decisa: «*Papà*, devo cercarmi un lavoro, la scuola non serve più».

Il falegname convenne sul secondo aspetto della questione. Indicando l'attestato in pergamena che pendeva tra uno specchio e l'armadio, confermò con una certa precipitazione: «Occorre ottenere quello che ti spetta, e subito, prima che arrivino quegli altri».

Attraverso la propria rete di cognizioni della città, che si dipartiva dalla segheria dei Gruden, aveva appreso i nomi di coloro che contavano nell'organizzazione slovena e chi ne era a capo. L'indomani si consultò meglio e chiese di assentarsi dal lavoro. Percorse tutte le scale del *Narodni Dom* che nei vari piani accoglieva l'albergo Balkan e un caffè, poi una banca, le sedi dei complessi musicali, teatrali, delle società sportive, del coordinamento scolastico; si ritrovò quasi sotto il tetto davanti alla porta della direzione.

Il signor Blažnik lo ricevette con una punta di sbalordimento nella pupilla, la quale affacciava una risolutezza ormai abitudinaria a ridurre il potere della propria carica e dunque le facoltà di favorire le richieste dei postulanti. Era un uomo di media statura, dalla corporatura muscolosa, la testa sormontata da una capigliatura argentea uniforme e tutta irta: ogni capello dalla fronte alla nuca gli si ergeva duro e uguale come un aculeo.

Il falegname di San Daniele gli espose in breve la propria situazione, tenendosi per sé molte delle angustie presenti e passate ma diffondendosi sui meriti della figlia, derivanti anche dalla benignità del defunto imperatore, i quali ultimi rischiavano di scadere qualora non si provvedesse a farli fruttare. Vi insisteva con tale allarmismo, che il suo ascoltatore non poté fare a meno di sorridere. Dušan estrasse dal seno il rotolo di pergamena e il dirigente, dopo averlo svolto e osservato, chiese di trattenerlo. Non sfuggì al Blažnik l'opportunità di servirsene per collocare, in barba alla parte italiana, un proprio connazionale nell'organico di una delle amministrazioni cittadine sottoposte alla languente autorità imperialregia. Volle vedere la ragazza, dalla quale apprese del suo servizio semivolontario prestato all'ospedaletto di San Daniele.

Pochi giorni dopo, per fatalità o per un concorso di circostanze, Franziska venne assunta presso l'ufficio sanitario delle ferrovie austriache, a pochi metri da casa. E questo fu il dono più cospicuo che le giunse dal suo grande padrino.

Seconda parte

I

Le truppe italiane premevano alle porte di Trieste; vi sarebbero potute entrare in qualunque momento per congiungersi coi patrioti che avevano abbattuto le aquile bicipiti e issato il tricolore. Si preferì invece preparare a puntino lo storico evento affinché i liberatori vi provenissero dal mare, accolti dallo scenario delle rive affollate e imbandierate in ogni dove.

La gente abbandonò le case riversandosi nelle strade senza curarsi di lasciarle incustodite perché quel giorno anche i ladri ponevano al primo posto la patria. Ognuno recava in mano o al collo una bandiera, oppure indossava indumenti nei colori biancorossoverde. La corona dei palazzi che si affacciavano alla riva erano gremiti di persone che dai portoni ai lucernai agitavano le braccia. Grappoli di uomini pendevano dai pennoni di piazza Grande, dalle colonne votive, dai sostegni dei lampioni, dagli alberi delle imbarcazioni. Pareva che l'inizio di secolo lo si festeggiasse soltanto adesso, dopo che un buon brano della millenaria storia europea era stato bruciato nei suoi primi diciott'anni.

Franziska che era giusto a quell'età fu trascinata ad abbandonare il lavoro. Se ne erano dapprima andati i compagni che non le risparmiavano asprezza, derisione, bonaria presa in giro; li avevano seguiti i flemmatici colleghi austriaci i quali non avevano più nessuno a cui ubbidire, e il suo paio di connazionali capeggiati dal Feran di Barcola che sapeva stare con tutti. Dopo il Canale non si camminava più, si procedeva a spintoni senza che i piedi sapessero dove poggiavano.

Era difficile per una persona schietta e sentimentale resistere non soltanto all'allegria degli altri ma a un entusiasmo che si presentava totale. Lei rimpiangeva di non poter prenderne parte, tanto più che i suoi vicini le prestavano la loro euforia: una ragazza si era strappata il fazzoletto annodato al collo e lei se ne era avviluppato il polso.

Pensava che una gioia così vasta e spontanea non poteva non riguardare tutti e rifletteva sul proprio destino che regolarmente le faceva perdere le buone occasioni degli altri, la obbligava a soste e percorsi contrari ai più. Quando le trombe segnalarono lo sbarco del generale italiano e l'urlo della folla esplose e si mantenne rauco, selvaggio, assordante sullo stesso scatenarsi di tutte le campane, lei si sentì agghiacciare e battere i denti per un'infantile, atavica paura. Si volse a guardare il ciglione carsico, quasi si fosse dissolto a quel tripudio. Si profilava invece vecchio, arso nella stagione autunnale, dimesso tra la rada foschia che lo avvolgeva. L'esercito vincitore era passato anche di là scavandosi passaggi tra i sassi, affondando nella poca terra, spalancando gli usci delle case, e ovunque aveva portato quel fremito di baldanza giocosa, l'impazienza di arrivare alla città per deporre il peso della guerra. Una guerra che veniva chiamata col sacro nome di redenzione.

Grosse lacrime le scendevano giù per le guance anche per il rimpianto della fede religiosa soppiantata, lasciata perdersi già nell'adolescenza. Una vecchia col trucco sfatto dal sudore e dal pianto le si strinse addosso. «Povera cocola, no te vedi anca ti l'ora de abrazar el tuo bel soldà?»

Cercando di scansarsi, Franziska le rispose: «No, si pol aspetar...».

La donna sciolse l'abbraccio e, dopo averla riguardata, insinuò con occhio malfermo: «Lei no la xe triestina».

La ragazza si sentì il viso in fiamme, indietreggiò rapidamente infilandosi in un gruppo che si spingeva avanti.

Pur essendo giornata festiva, di ozio per lui forzato, suo padre non si era raso né cambiato d'abito. Se ne stava raccolto in cucina quasi al buio e al suo entrare si raddrizzò sulla sedia. «Sono dunque arrivati?» chiese.

«Eccome» rispose lei e aprì la mano, depose sul tavolo il brandello tricolore. Poi si levò il soprabito.

Vedeva il padre teso, non prendere nota del ritaglio di bandiera sudato che si stava svolgendo da solo, prepararsi a un discorso altre volte rinviato. Al suo primo stipendio era stata obbligata a recarsi al Monte per ritirare il pegno. Non esistevano altri argomenti di discussione riservata tra loro.

Il falegname si alzò e cercò la propria voce per proferire a singhiozzo: «È della tua dote che ti devo parlare. Pensavo di consegnartela più avanti, quando sarebbe venuto il momento... adatto, anche per la vita, non so... che ti stessi per sposare».

Franziska rispose emettendo il respiro dal naso. Il padre prese coraggio da quell'inizio di umore negativo e s'interrogò a voce piena: «Adesso cosa facciamo delle mille corone? Eccole qua, una sull'altra».

Cacciò la mano nella tasca della giacca, estrasse un pacchetto e lo posò accanto al fazzoletto lasciatovi dalla figlia. Lei rimase colpita dallo spessore dell'involto. Quanti mesi di ufficio le sarebbero occorsi per raggiungerne il livello?

«Adesso non resta che cambiarle» stabilì.

«Sì, per un bianco e un nero, come vogliono loro» masticò il padre.

«Come per tutti» concluse la figlia e tolse dal tavolo lo sbrendolo tricolore.

La conversione della leggendaria moneta imperiale nella corrispondente valuta italiana costituì il primo arresto dell'euforia che sommergeva le giornate novembrine in una continuità festaiola, divisa soltanto dalle ore solari e da quelle notturne. Fu come un'inattesa carezza contropelo, un rigurgito che segnala il limite al pranzo straordinario, sia pure esso di nozze. Generalmente si smaltiva l'inconveniente senza commenti. Qualcuno si spingeva a insinuare: «Lirette» e sollevava una sproporzionata eco di occhiate parlanti e sorrisi d'intesa. Il maestro del giornalismo triestino, già menzionato e da poco rientrato dal confino austriaco, ruppe il silenzio dei colleghi del "Piccolo" osservando: «Una roba xe far l'amor, un'altra sposarse».

Franziska aspettò che la ressa agli sportelli delle banche si sfoltisse. Un giorno si mise in coda, attese il proprio turno e levò dalla borsetta il gruzzolo rimasto sempre intatto come la sacra immagine di una processione infausta. Ricevette in cambio una mazzetta di biglietti coloratissimi, scrocchianti. Seicento lirette.

Possedevo un libriccino interamente dedicato a quelle giornate di tripudio. Era un sedicesimo cartonato di color grigioverde, con un elmetto e una fiaccola in notevole rilievo sulla copertina, l'iscrizione "Vittoria" pure prominente, così come la data di pubblicazione e il corrispondente anno dell'era fascista in numeri romani: un'operetta dunque commemorativa.

Mi giro con nessuna speranza verso le pile di libri, riviste e opuscoli ammonticchiati più di recente sul pavimento del mio studio. La centrale, alla quale le due esterne si appoggiano, sale a coprire uno scaffale non toccato né intravisto da anni. Se riesco a spostare la cima del mucchio centrale rivedrò il terzo scomparto più basso e per l'appunto riservato a libri di piccolo formato.

Mi levo dalla scrivania, mi volto del tutto. Incomincio con somma cautela. Dalla pila sinistra si stacca e scivola tra i miei piedi una delle orride pubblicazioni plasticate. Mi accingo a levarmela da torno con la punta della scarpa, ma l'intero piede sdrucciola su di essa, sto per perdere l'equilibrio, mi aggruppo alla scansia e, mentre le tre colonne si appiattiscono sul parquet imprigionandomi le gambe, gli scaffali si svuotano in un rovinio che si abbatte principalmente sulla mia testa di unico responsabile della loro lunga relegazione e dell'improvvisa molestia: a ritmo dapprima perfidamente cadenzato, poi precipitoso, intasando la scrivania e placandosi nell'antistante margine di pavimento. Mi trovo intrappolato in una situazione che si direbbe soltanto buffa da sé e derisoria nei miei confronti qualora un dolore alla testa non accentuasse lo sconcerto, l'abbattimento, il senso di umiliazione e di vergogna per una punizione ben meritata.

Se estraggo un piede e lo sollevo in un esercizio ardimentoso per la mia età, riuscirò a puntarlo su un'altra massa sdrucciolosa, quando l'altro non ha maggiori possibilità di sostegno. Spingo braccia e schiena all'indietro, guadagno l'orlo della scrivania e, prima ancora di estrarre le gambe dal materiale franato, scorgo sulla stessa il plico con cancellature a pennarello rosso del professor Pečenko. Ah, buon Pečenko, rimasto Pečenko per l'imbarazzante difficoltà a tradurre letteralmente il suo cognome in Arrosto...

Prima d'impossessarmene intravedo un dorso dei libri, a cui la mia scrivania non aspirava, macchiato di sangue fresco. Mi tocco la fronte: la traccia sulla mano si rivela più consistente. Devo ricorrere alla cassetta dei medicinali o agguantare la busta prima che non sparisca un'altra volta? Mia moglie è fuori per la spesa, il gatto chiuso nel suo personale camerino.

Scavalcando montagne esco dallo studio, raggiungo il bagno, mando a dire al gatto: «Non è niente, Timoteo», mi coloro di tintura di iodio, applico sulla ferita un cerotto. La busta col primo indirizzo depennato è posata sul marmo.

II

Un reparto del Genio militare italiano assegnato alle ferrovie si era subito installato negli uffici della Süd-bahn, la stazione sud costruita di recente e in via di diventare il principale e oggi unico scalo ferroviario di Trieste. Si componeva di un gruppo d'ingegneri e tecnici adibiti a servire l'esercito nel ripristino delle linee danneggiate in diversi punti del Nord-Est durante le operazioni belliche. Lo dirigeva il capitano Oreste Santachiara, un lucano disegnatosi "alto e allampanato", facondo nel dire come nello scrivere, fiero dei propri regolamenti, coi quali manifestava attaccamento al proprio incarico e legittime aspirazioni di carriera. Ne faceva parte tra gli altri il tenente cremonese Nino Ferrari, che ricordava bene il fuggevole incontro con la ragazza di San Daniele, mentre lei si era scordata l'uomo ma non la scena.

La sede dell'amministrazione era ospitata in un bel palazzo con doppio ordine di scale esterne in viale Miramare, due stabili più in qua dell'edificio in cui si annidava la famiglia Skripac, di fronte allo stesso muro di cinta della stazione. L'accoglienza del nucleo militare da parte degli impiegati dell'azienda statale fu entusiastica e fu fredda; ma presto si stabilizzò su un livello soddisfacente per tutti.

I nuovi arrivati non nascondevano il desiderio di stringere rapporti finalmente borghesi, esprimere la loro ansia di rivedere i propri congiunti, e contavano pertanto di trovare nei residenti un primo appoggio concreto. Non erano prevenuti né verso i dipendenti di origine austriaca, nei quali non riconoscevano il nemico da annientare, né tanto meno verso gli sloveni per essersi mescolati con parecchi civili di quell'etnia nella zona prealpina e averli scoperti ospitali e non poco servizievoli.

Il primo incontro fra Nino e Franziska avvenne in quel medesimo scorcio del 1918. Lui non aveva ancora preso fissa dimora, il suo lavoro d'ingegnere lo voleva in spostamento continuo tra Gorizia e Trieste. Qui l'aveva intravista ed era riuscito a individuare l'ufficio sanitario nel quale prestava servizio d'impiegata. La sera di Santo Stefano la trovò sola mentre, approfittando della vicinanza col proprio alloggio, stava ultimando alcune pratiche affidatele dalle compagne più anziane e più distanti da casa.

Il tenente tossicchiò per attirare la sua attenzione e in uno strampalato tedesco le disse: «Ich bin von Görz daeben gekomenn für meine Freundin Francesca zu sehen» (Io sono da Gorizia venuto or ora per vedere la mia amica Francesca).

La giovane impiegata gli sorrise e replicò: «Può parlare vostro italiano. Io capiscio italiano come voi parla tedesco».

«Meglio, molto meglio» si complimentò l'ufficiale. «Come mai è ancora al lavoro?»

Franziska si allarmò alla domanda rivoltale da un

probabile superiore, per giunta non giovane, e si alzò, riunì le carte, fece ordine sul tavolo assicurando: «Adesso anca io finito e marsch a casa».

«Non sono venuto per scacciarla. Le metto soggezione?» si affrettò a rispondere il tenente e si levò il berretto lasciando scoperta la fronte spaziosa, sormontata da un'arretrata ma folta capigliatura scura. Colpirono la ragazza gli occhi fondi e penetranti; erano un po' inquieti, esaltati, diffidenti, ma assolutamente buoni. E tralasciò di replicare, chiedendo a sua volta: «Come voi conoscie mio nome?».

«Ci siamo visti a San Daniele. Non ricorda?»

L'impressione di quello scontro aveva annullato la persona. Questa riemerse anche nella memoria trovando il suo punto di riferimento più preciso nell'ampia fronte matura. «Sì» affermò tra sorpresa e contrariata. «Voi qvela volta fatto a me molta paura.»

«Lei al contrario mi era piaciuta un mondo. Perciò eccomi qua, col suo nome custodito, e non soltanto quello naturalmente. Ma non speravo di rivederla a Trieste.»

Franziska si era preparata per uscire e ciò l'aveva aiutata a porsi sulle difensive. «Voi avete caserma a Gorizza?» domandò educatamente.

«Non più» si rallegrò l'ufficiale. «Da questa sera comincio la mia vita triestina. La rivedrò?»

Erano usciti nel corridoio, l'impiegata aveva spento la luce e chiuso l'ufficio. «Qvi lavoro e vedo tuti companii.»

Il cremonese chinò la testa in segno di saluto e la guardò allontanarsi. Come rilucevano anche nell'oscurità i suoi capelli biondi e quanto imponente appariva la sua statura... Ma era decisamente troppo giovane, fresca e immatura per lui.

Messasi a letto, quella sera la ragazza seguì il transito contrario dei treni, in arrivo e partenza. Si disse che era una consolazione avere a casa quei rumori e quei suoni divenuti familiari.

Il personale dei diversi uffici si ritrovava all'ora di pranzo nella comune mensa, non accessibile ai lavoratori della vicinissima stazione. Là si sceglievano liberamente i tavoli e i colleghi coi quali trascorrere l'oretta di ristoro.

Il gruppo dei sanitari, composto di undici persone, delle quali ben cinque erano donne con mansione di "scrivane", sottostava al medico Tognetti e, grazie soprattutto alla bonomia del rubicondo dottore, riusciva piuttosto affiatato, soleva consumare i pasti ricongiunto come durante il servizio. Nel più rilassato ambiente della mensa aziendale, Franziska fungeva da punto di attrazione, essendo la più giovane e la più carina del reparto; ma molto vi contribuiva la sua indole spontanea e generosa, estremamente sollecita verso gli altri, sia per l'età che per l'umile estrazione, entrambe improvvisamente gratificate.

Successe dunque che il drappello dei genieri capeggiati dal Santachiara e del quale venne stabilmente a far parte il Ferrari, comunicasse sempre di più e finisse per legare con quello sanitario. Tutto fluiva per il meglio finché si scansava la politica: il capomedico Tognetti solidarizzava col vicentino Serafini responsabile dei lavori sulla rete ferroviaria, Franziska riceveva le premure controllate del Nino cremonese e quelle incensorie del meridionale Santachiara, le altre scrivane contenevano l'invidia cercando di suscitare interesse nei militari non accasati né impegnati.

Ma i fatti del giorno, sempre legati al grande evento reso palpabile dalla presenza dei soldati vincitori in un ambito familiare, sollecitava al commento; e intrattenibile era il desiderio del paio di patrioti triestini, spalleggiati da qualche ragazza, di far sentire ai liberatori, che poi rappresentavano la nuova autorità, il loro ardore, la riconoscenza, un senso di emulazione tra indispettito e ruffiano. Si ribadiva pertanto il concetto della "vittoria mutilata" poiché la redenzione non si era ancora estesa alla città di Fiume e assai più dolente si profilava il futuro della Dalmazia. Erano peraltro riferimenti in buona misura pretestuosi, sotto i quali si mirava a colpire gli sloveni in città, in quella stessa amministrazione, che non meritavano alcuna protezione dall'Italia avendo già goduto di quella austriaca e sostenendo ora le sfacciate pretese del governo serbo di annettersi perfino Trieste, Gorizia e parte del Friuli.

Franziska tremava di rabbia e più ancora di avvilimento. Troppe erano le proteste che le si affastellavano dentro, le quali smuovevano altre assopite, e non sapeva in quale modo ordinarle perché non risultassero tutte personali e dunque meschine; le difettava oltre tutto il mezzo espressivo per dar loro forma, peso, voce. L'istinto femminile tuttavia le suggeriva di non cedere, di mantenersi tesa, protestare col silenzio, poiché mai aveva avuto parte dell'uditorio a lei maggiormente favorevole.

Nino Ferrari sbuffava, manifestamente annoiato della piega del discorso; il capitano Santachiara la scrutava dentro gli occhi, levava la palma, si preparava al proprio intervento di moderatore. Rivolgendosi a ciascuno degli interlocutori con un Ella, ne condivideva sommariamente le ragioni, quindi con elegante scarto si richiamava alla ragionevolezza dichiarandosi non soltanto interprete ma anche assertore dello spirito manifestato dal generale Petitti di Roreto nel proclama pronunciato subito dopo aver preso possesso della città sul molo San Carlo: l'Italia, nazione giovane forgiatasi nel liberale Risorgimento, era pronta ad accogliere nel suo novero anche i fratelli di differente etnia, riconoscendo loro maggiori diritti civili e politici di quanti non ne avessero avuti dalla passata monarchia costituzionalmente portata a opprimere le nazionalità ad essa sottoposte.

Si commuoveva della propria parola e insieme della generosità della sua patria che aveva penato un secolo per compiersi e si era finalmente estesa a quei luoghi da sempre suoi, i quali recavano ancora i segni della lunga dominazione straniera. Ma se doveva prestare ascolto a un sottofondo incontrollato del proprio sentire, doveva riconoscere che Trieste gli piaceva proprio per la sua diversità, per quella sua sapienza nell'organizzarsi la vita quotidiana in privato e nel rapporto con gli altri, l'ordine composto con cui era stato servito e si era consumato quello stesso pranzo, gli inservienti col grembiule verde dal collo alle caviglie e un mozzicone di matita dietro l'orecchio, le ragazze bionde e slanciate, pronte a ritirare e poi a porgere loro i patti vuoti anche dei colleghi... «E che ne dice la nostra splendida Francesca?» concluse un giorno interrogando gli occhi di Franziska così ribattezzata.

Lei si confuse del tutto, cercò una risposta, la emise poi quasi senza pensarci con una specie di gemito: «Io pensavo sulle sue parole... che se sarebbero vere sarebbero giuste».

La tentazione di ridere del suo sforzo mentale, che ancora non aveva trovato esito felice, fu forte nei compagni d'ufficio, ma nessuno fiatò. E lei piegò la salvietta, si alzò educatamente e si allontanò.

Alle solite querele del capouscere Cernetti – già Černitz o Černigoj? – Nino Ferrari replicò un giorno con tutto il suo spazientito pragmatismo lombardo chiedendo e concludendo: «Si dovrebbe dunque ammazzare tutti quelli che non sono italiani quanto lei? Ma mi faccia il piacere di starsene zitto!».

Franziska che gli stava accanto sussultò sulla sedia e d'un tratto sbottò: «Gente come è lui ammazzasse noi come è niente. Ma no che possano ancora. E alora voliono scaciare via noi, marsch, tornare in vostro Carso!». Lo sfogo trovò corso nel pianto.

Se ne andarono tutti da soli o a coppie, il tenente Ferrari rimase con lei. I camerieri stavano liberando il tavolo dalle ultime stoviglie e la ragazza ancora piangeva. Il suo vicino sembrava prendere chiara visione di lei per la prima volta. Ne ammirava i capelli lisci e molli che le cadevano sull'occhio sinistro per raccogliersi in treccia annodata con un largo fiocco castano sulla nuca, gli occhi chiari quasi trasparenti, il breve ma accentuato solco dal naso alle labbra, il quale trovava immediata rispondenza nella fossetta appena accennata al centro del mento. Ma quest'ultimo si affondava nelle convulsioni del pianto e scompariva del tutto quando il volto le si apriva al sorriso. Chissà – pensava il tenente – da quale mescolanza di razze, da quale ultima congiunzione fra un uomo e una donna di natura, condizione, costume interamente sconosciuti, era venuta fuori quella fanciulla ormai formata, autonoma, nata per gioire e costretta a tormentarsi per ragioni in fin dei conti astratte benché pressanti. Non afferrava in pieno come l'appartenere a un altro popolo, il parlare una diversa lingua, poteva costituire un problema, e per giunta continuo, peggio che in guerra dove non si stava sempre a badare alla propria pellaccia.

Estrasse di tasca il fazzoletto e glielo porse dicendo: «Ora asciugati gli occhi e piantala anche tu!».

Franziska lo guardò sorpresa per il modo brusco e l'improvviso tu. Aderendovi e un po' pungendolo si accertò: «È neto?».

«Non è uscito adesso adesso dal bucato, ma è pulito.» Subito quest'aggettivo gli riassunse quanto di più esplicito emanava dalla personcina che aveva di fronte: un che di pulito.

«Già» aggiunse lei soffiandosi il naso. «Si dice pulitto.»

«Ma lo fai apposta?» ridacchiò il giovanotto. «*Si dice* è giusto, *pulitto* no. Come fa in sloveno pulito?»

«Čist. Ma tacato con fazzoleto è *čisto*.»

«E *neto* da dove ti viene?»

La ragazza sbarrò gli occhi. «Tutti qui dice *neto*. È dialeto?»

L'altro mise fine all'argomento. «Tirati su e andiamo. Ti accompagno all'ufficio.» Uscendo dalla mensa le chiese: «Perché piangevi?».

Dopo un silenzio Franziska rivelò: «Avevo nervi. Perché sono sola e tutti tratano me male. Tu anche».

«Io cosa?» volle gli si precisasse il tenente Nino.

«Tu venuto e sempre arabiato con me a Štanjel.»

Si trovavano alla scala che divideva i loro due uffici. «Dove hai detto?»

Franziska lasciò passare un impiegato del reparto
contabilità. Poi disse: «Mio paese è Štanjel».

«Non ricordo nessun Stanel» negò col capo il suo
interlocutore.

«*Štanjel*, no Stanel. Š come scioco. Vedi che nian-
che tu sei pulito in mia lingua? Come io in tua, e così pari, zero al zero.»

Il labbro superiore le si era steso nel sorriso facen-
dole arricciare il naso come venisse solleticato dalle
bollicine di una bibita gassata.

III

Il tenente di Cremona non era propriamente un giovanotto, si avviava alla quarantina. Apparteneva a
una famiglia di piccoli industriali nel settore della ce-
ramica e a diciassette anni era rimasto provato dalla
perdita della madre che allora aveva poco più della
sua età di adesso. Si era laureato in ingegneria civile
a Bologna nel 1906; poco dopo aveva assunto col
fratello Ladislao la conduzione della fabbrica che il
padre sessantenne aveva voluto fosse intestata ai nomi dei due figli, l'ingegnere e il ceramico.

Francesco, da tutti chiamato sempre col diminuti-
vo di Nino, possedeva molti tratti del temperamento
chiuso: propendeva verso una solitudine ombrosa,
disprezzava le convenzioni borghesi non rimanendo
tuttavia loro indifferente, era sostanzialmente leale,
riservato ma anche generoso, capace di accensioni e
di entusiasmi improvvisi; amante dello studio, delle
arti e del bello in genere. Aveva viaggiato parecchio,
visitando le principali città italiane e soffermandosi
in particolare sulla costa del medio Tirreno poiché i
Ferrari possedevano delle proprietà in Toscana e
una villa all'Isola d'Elba, da dove importavano il
caolino per la loro produzione industriale. I suoi po-

chi rapporti sessuali avevano perlopiù riguardato donne del mestiere, sia pure di un certo rango. Non si trovava in grande accordo col fratello Lao, minore di cinque anni e di carattere opposto al suo, il quale aveva infatti contratto un matrimonio in piena regola con la propria condizione sociale, che era stato bene accolto dai familiari e dal giro dei conoscenti. Le due sorelle rassegnate allo zitellaggio si erano da allora ancor più strette al Nino il quale, esigente con se stesso, non aveva conosciuto donna in grado d'indurlo a pensare al proprio matrimonio.

La divergenza con Lao e il freddo rispetto per il padre lo intrattenevano nella vita militare a guerra finita. Anche a Trieste dedicava molte ore allo studio architettando che se fosse tornato a interessarsi dell'azienda familiare avrebbe fatto di testa sua staccandosi dal fratello e ricominciando da zero.

Per Franziska aveva avvertito un'attrazione immediata e, più la conosceva, più si convinceva che la ragazza del Carso riuniva parecchie qualità per proporsi quale compagna ideale. Vi si frapponeva soltanto la diversità etnica, da lui chiamata razziale, che si trascinava dietro tutto un corollario non proprio positivo: gli umili e ignoti natali, il ruolo presente aggravato dalla vistosa difficoltà di espressione. Ma anche queste deficienze, alle quali lui francamente non dava gran peso, ingigantivano di fronte alla prospettiva di condurla sposa nel proprio ambiente di Cremona. Per tale ragione si affannava a correggere ogni suo errore di lingua e di pronuncia italiana, così da sembrare di essere rimasto contagiato dal preconcetto di tutti i triestini che adoperavano o avevano adottato la parlata di maggior uso. Ma la differenza era in realtà sostanziale poiché, quando veniva colto da sfiducia, il Ferrari si rendeva conto che ogni sviluppo della loro relazione intima restava fermamente connesso con l'ambiente di lei, dal quale in alcun modo si sarebbe potuto rimuoverla. E nemmeno questa eventualità lo induceva ad arrendersi; si alleava, anzi, con la sua vaga renitenza a tornare a casa.

Franziska cominciava invece a innamorarsene e intanto si accorgeva d'incontrare simpatia negli altri superiori del Genio italiano, il capitano Santachiara in testa a tutti. La loro affabilità la interessava e le riusciva gradevole solo in relazione alla propria posizione ardua, mortificante e ora sempre più precaria nell'ambito lavorativo; ma tali afflizioni e preoccupazioni si allargavano al suo intero esistere. Pensava all'uno e all'altra, al posto alle ferrovie e alla vita di slovena sotto un nuovo Stato, allorché giudicava improrogabile lo studio serio della lingua italiana, e all'apice di questo suo piano scorgeva il fine e cortese capitano, si figurava quale certezza del proprio obiettivo raggiunto non il comunicare in pieno col Nino, bensì il conversare speditamente con lui. Se considerava gli ostacoli presenti nei quali si dibatteva, non era il Ferrari criticone a preoccuparla, quanto invece la persona del Santachiara, il quale mai si permetteva di correggerne gli errori, l'ascoltava paziente senza corrugare la fronte, e ai suoi occhi d'improvviso si trasformava nel suo giudice più inclemente. Non c'entrava tanto l'entità né i singoli modi del suo parlare male l'italiano, quanto invece la natura di tale passivo, il quale metteva allo scoperto la propria origine e il proprio gruppo di appartenenza.

La ragazza di San Daniele era portata a credere che

il proprio peso di slovena offendesse principalmente lui che le si presentava quale campione d'italianità nelle forme personali e nel legittimo vanto delle tradizioni d'arte e di cultura, dell'invidiabile paesaggio, del prestigio che il suo Paese aveva sempre goduto e infine nella determinazione odierna d'imporlo a quanti lo riducevano e gli si opponevano. Il capitano costituiva insomma per lei una sorta di monito e nel contempo una sfida, che il proprio orgoglio nazionale la incoraggiava ad accettare, mentre il pudore di giovane donna la dissuadeva. Aveva infatti l'impressione che, dietro i modi garbati e la simpatia palese, l'irreprensibile meridionale covasse un interesse di altra natura che interamente lo smentiva.

Anche per questa ragione il tenente Nino, che si manifestava senza riserve quale era, esercitava un fascino maggiore e incontaminato, fungeva da correttivo. Franziska si rese conto che si recava al lavoro per rivederlo, che se lui si trovava nel vicino ufficio, questo appariva pieno soltanto di lui; deserto quando lo abbandonava per dirigere i lavori esterni. Parimenti non ricordava cosa avesse mangiato allorché lui le sedeva accanto alla mensa, e quanto invece il cibo le riusciva insipido e perfino disgustoso durante la sua assenza che spesso coincideva con quella del Santachiara e lei si ritrovava in balia del Cernetti, il quale ora la umiliava rinfacciandole di essere stata lesta a "rufianarsi coi taliani". Era altrettanto vero che la simpatia acquisita aveva fatto colpo su altri colleghi i quali familiarizzavano maggiormente con lei, aprendola a quella seconda vita d'ufficio composta di confidenze, intese, predilezioni e antipatie condivise, che cresce come un parassita sulla prima e la rende più tollerabile.

Ma i pensieri più intimi, le cure più tenere mai riservate ad altra persona, lei li rivolgeva per la prima volta a un uomo. Gli piaceva ascoltarlo e farsi ascoltare anche quando veniva criticata per il pessimo italiano e prontamente, pazientemente corretta. Da Nino Ferrari si sarebbe lasciata accarezzare e stringere, avrebbe aderito al suo corpo secco, dalle spalle lievemente incurvate, che le ispirava protezione calma ma costante. Quando una sera si prestò ad accompagnarla a casa, sostarono sotto uno dei grandi platani di viale Miramare che fiancheggiavano l'ampia strada e restringevano il marciapiede delimitato dal muro della stazione.

«Francesca, che facciamo?» la interrogò con la sua voce bassa fissandola a lungo negli occhi.

«Qvelo che tu voii» gli rispose senza riconoscere la propria voce, contrariata dal velo che la offuscava.

Avvertì la fredda guancia di lui, ispida di una barba scura mai sufficientemente rasa, appoggiarsi alla propria rovente come brace. Non resistette all'impulso di scomporgli i capelli neri e lucenti, tirati indietro senza una scriminatura a segnare il preciso arco della fronte. Lui avvicinava le labbra alle sue, i radi sottilissimi baffetti assumevano consistenza, si ritagliavano autonomi sul labbro superiore; pareva volersi impossessare della fonte delle sue parole, di ciò che dava suono ai suoi sospiri, ai singhiozzi e ai gemiti con cui si esprimeva il proprio animo, e una cosa calda violò per la prima volta quella sua intimità, la riscosse e lei gliela offrì, le lingue comunicarono direttamente tra loro, anticipavano e rendevano superflue le parole, completavano quelle scambiatesi fin dal primo giorno; questo era un linguaggio che oltre a non comportare esami stabiliva perfetta parità tra loro in un crescendo di richieste e di risposte che si avvicendavano senza lasciar capire da chi dei due venissero avanzate ed esaudite.

Lui si staccò come per rendersi ragione se il tumulto delle emozioni gli provenisse per davvero dalla ragazza da poco conosciuta e che si era resa tanto ardente; per un confronto tra la sua interiorità priva di limiti e di esaurimento e l'aspetto esteriore perfettamente definito. Ma Franziska affondava in quella sua prima esperienza cercando d'impedire che l'incanto si spezzasse e lei riemergesse in superficie senza possibilità di ritorno, subito assillata da tutta una serie d'interrogativi, quesiti, giustificazioni da fornire prima di tutto a se stessa. Non riaprì gli occhi e mormorò: «Ancora» rituffandosi nell'oblio del mondo e di se stessa.

Appoggiatosi con la schiena al muro, Nino la tirò maggiormente a sé; e lei sentiva che il bacio scendeva giù nel profondo risvegliando desideri e contagiando altre parti del corpo sulle quali esso non aveva dominio diretto, si limitava a sondare le proprie facoltà d'inebriamento e di dolorosa dilatazione. Fu lei a rompere il contatto per un avvertimento di sconvenienza che le metteva in allarme il pudore.

Ritornata in sé, proseguì il passeggio a braccetto del suo primo amore, artefice e testimone del proprio sconvolgimento che nel modo più assoluto non poteva riguardare altri.

IV

Era stordita, era felice. Quella sera non cenò per non guastarsi il sapore che le cresceva dentro come un ricordo incessante, onnipresente, e nel contempo inafferrabile, indefinibile.

Si alzava di continuo dalla sedia per dare un ritocco alle tendine della finestra, invertiva la disposizione del povero mobilio del soggiorno, spostava i soprammobili, evidenziandoli col posarvi sotto un centrino.

Si recò a ispezionare l'armadio dei suoi vestiti. Tra i troppi usati distinse con occhio quasi rapace quelli che lui non conosceva ancora, anticipò mentalmente l'inaugurazione di un paio di nuovi. Non era meglio provvista di scarpe, di calze né di borsette. Destinava a ciascun rifornimento parte dei risparmi dell'ultimo stipendio e una buona porzione del prossimo. Coi soprabiti e il cappotto era a posto, vi aveva investito quasi l'intero cambio delle mille corone, ecco come se n'era andata la dote dell'imperatore.

Ciò che dei discorsi del capitano Santachiara più la infastidiva era la frequente taccia di "forcaiolo" indirizzata al grande e infelice vecchio, che lei non afferrava in pieno ma che le pareva una parola molto offensiva, la quale aveva a che fare con la forca, le *vi-*

le, con cui il povero monarca defunto da anni infilzava la gente come un diavolo dell'inferno. Se avesse saputo che lei ne era la figlioccia! Non lo aveva né lo avrebbe mai detto a nessuno, neanche a Nino che si sarebbe limitato a riderne di gusto.

Adesso nei suoi pensieri Nino sovrastava ogni altra cosa, sul padre che tornava sempre meno a casa, forse si era messo con una donna di qualche paese, sola o vedova pure lei; Nino veniva prima degli stessi compagni sloveni, dovette a malincuore riconoscere. Le giunse in soccorso il ricordo della baronessa Gelda, segregatasi per cinquant'anni a custodire la memoria del marito. Soltanto adesso ne comprendeva la ragione, e sì che si era fidanzata, sposata, aveva vissuto un anno di esclusiva compagnia del marito. Lei lo avrebbe fatto per molto meno. Non riusciva a levarsi dalla mente l'intero anno di godimento senza interruzioni, loro due nel castello di giorno e di notte, abbracciati nel giardino invisibile agli altri, nel chiuso di ogni loro stanza.

Si abbandonava a questo pensiero e le gambe le tremavano, una fitta l'assaliva all'addome, le sue mani non riuscivano a star ferme, tornava ad alzarsi, prese a camminare per la casa sempre più rapidamente, lo sfregamento delle cosce le recava un certo sollievo, la fitta scompariva ma la sua carne bruciava.

Si lavò come tutte le sere nella tinozza del bucato che però riempì fino all'orlo di acqua fredda.

Ora non si accontentava di vederlo, attendeva che le ore di ufficio terminassero e loro due uscissero liberi d'impegni nel viale.

I baci divennero una dolce tortura. Promettevano molto al desiderio di cui ardeva, lo tenevano alto ma non lo placavano.

Tuttavia lei non sapeva farne a meno e Nino sempre di più vi si sottraeva conducendola nei caffè e nelle gelaterie all'aperto ora che il sole si era imposto sulla cattiva stagione. Mentre si fingeva arrabbiata accentuando l'atteggiamento della persona biasimata e punita, una sconosciuta audacia rintanata nella mente la istigava a raffigurarsi la camera di lui e di rimbalzo a inventarsi il modo d'introdurlo nella propria casa.

«Cos'è questo silenzio?» le chiese accingendosi a tenerle un discorso.

«Anche tuo è silenzio» rispose Franziska seccata.

Il maturo accompagnatore sorrise. «Io però non ti tengo il broncio.»

«Cosa è broncio? Spiegarsi meglio per favore.»

Lui rise divertito. «Tenere il broncio significa mostrarsi arrabbiati.»

«Io *sono* rabiata» precisò lei ponendosi di profilo. «Non mostro soltanto esserlo.»

«E sai dirmene la ragione, di grazia?»

«Sì, grazie per non aver visto mio vestito novo.»

Nino affondò una mano nei suoi capelli che stimava più puri dell'oro. «E chi ti ha detto che non l'ho notato?»

«Ti crederei domani se avresti notato un altro.»

Il cremonese scuoteva sconsolatamente il capo, ma la felicità brillava nei suoi occhi bruni. «Ahi, ahi, non pensi che ai vestiti. Che a farti bella. Per chi vuoi apparire ancora più bella?»

«So io. Non dico a te.»

Sul marciapiede ridotto dai tavoli sotto i palazzi di faccia alla marina stava avvicinandosi una ragazza che a Franziska parve di conoscere. Per prima cosa avvertì che era una slovena, poi quando transitò guardandola di sfuggita e proseguendo il cammino, la individuò per la Stolc, una ex compagna di scuola. Si alzò chiamandola per nome: «Sonja!».

La giovane si girò e finse di fugare la propria distrazione.

Uscita sul margine del marciapiede, Franziska la prese per mano e la condusse al proprio tavolo. La presentò a Nino che si era alzato: «Mio compagno di lavoro» marcò bene le parole e si raddolcì indicando la Sonja: «E mia companja di scola».

L'ufficiale s'inchinò, le strinse la mano invitandola ad accomodarsi; ma la ragazza dal viso lungo e scarno, i denti sporgenti dalle labbra, rispose di aver fretta e con un forzato sorriso se ne andò.

Seguì un silenzio teso, poi Franziska esplose: «Non voleva notare me con militare italiano, racconterà in cerchio io cativa slovena e putana».

Il suo compagno rimase di stucco, indeciso se prenderla in scherzo o sgridarla.

«Anche tua è colpa» proseguì lei. «Perché sempre montura, montura? Guera è finita. Non hai vestiti come altri?»

Nino trasse un respiro profondo e si spiegò: «Ho proprio voglia e tempo di pensare agli abiti che indosso». Le si avvicinò maggiormente e proseguì con forzata dolcezza: «Siamo diversi, Francesca. Abbiamo una mentalità diametralmente opposta su parecchie cose. Dicono che sia un buon segno per due innamorati. Ma tu sei tanto giovane e mi domando con quale diritto io occupi il tuo tempo. Che è tempo di favole, di bambole».

«Mai avuto bambole io» rispose lei con un tremito nelle labbra e i suoi occhi si arrossarono.

Il cremonese apparve mortificato per aver parlato tanto e in termini tutt'altro che delicati. Le strinse una mano e proferì carezzandola: «Diceva di non aver avuto mai bambole, la mia bambina. Posso immaginare la tua infanzia, così ingiusta se raffrontata alla mia. Ho anch'io perduto la mamma, ma molto più tardi: da uomo fatto, si può dire. Mi vuoi bene? Ma dico bene sul serio?».

Franziska annuì reprimendo i singhiozzi.

«Hai pensato mai di sposarti?»

«Quando ho conosciuto tu, sì.»

«Allora sposiamoci. Ma tu sarai sempre la mia coccolona?»

«Io sì» rispose lei tenendo il capo chino sul tavolo. «Anche se tu sei vecchio, no importa a me. Santachiara più vecchio che te» e sollevò lo sguardo.

«Che c'entra Santachiara che è da un pezzo sposato e ha figli?» chiese stralunato e divertito il Nino.

La ragazza lo ricambiò con una protesta che sembrava diretta a lui: «Alora perché guarda a me? Io mai sola starei con lui».

Gli occhi del cremonese s'incupirono di un'ombra di sospetto, che passò via lentamente lasciando riemergere il suo sguardo buono. «Chi non ti guarda, bella come sei? Ma tu non devi fare la civetta, altrimenti ti strappo tutti i capelli, ti graffio in viso perché rimanga sfigurata!»

«E io do tante lignade a te.»

«Quanto sei cara» l'innamorato smise di scherza-

117

re. «Se questo è il nostro proposito, dovremmo lavorare ancora, sistemare le cose, mettere tutto a posto. Io non sono ricco, ricordatelo. Potrei esserlo, ma non m'importano le ricchezze, voglio crescere con le mie fatiche. Tu dovrai aspettare che prepari il mio ambiente, il quale si è sempre aspettato gran cose da me. E dovrai studiare, perché come ti farai capire a Cremona se parli come adesso?»

Lei fu pronta a informare: «Io sono comperata gramatica e vocaleba... no, vocabolario».

«Lascia perdere il vocabolario e di' piuttosto: "Io ho comperato la grammatica e il dizionario italiano!".»

«Sloveno-italiano, prego.»

«Va là che sei proprio una coccola.»

Lasciarono il bar, risalirono le rive fino al Canale, passarono davanti alla stazione, s'incamminarono nel viale. Franziska puntò i piedi al loro platano prediletto. Stava calando la prima oscurità, gli sbuffi di vapore delle locomotive si stagliavano sul cielo rossastro, le rondini sfrecciavano oltre la muraglia, respinte ma eccitate dalle scintille di carbone che preannunciavano loro notti estive con lucciole vaganti.

«Adesso volio tuo bacio» s'impose l'innamorata. «Ultimo ma lungo come treno.»

Lui s'interrompeva per pigliar fiato ma lei si affrettava a riprendere il bacio perché non sembrasse terminato. Erano di uguale altezza, se avesse calzato delle scarpe coi tacchi lei lo avrebbe superato. Quella sera Nino le accarezzò teneramente i seni, le lisciò un fianco. Lei aderì con ardore e lui si separò bruscamente, assalito da un accesso di tosse. «È tardi, devo studiare» disse raschiandosi la gola.

«Tu hai preso freddo. Vuoi mio caldo?» lei lo provocò.

L'innamorato si accomiatò baciandola sulla fronte.

Da quanto sottintendono e spesso dichiarano le sue lettere, Nino Ferrari coltivava una precisa idea del proprio matrimonio nel caso vi si fosse deciso. Affermava di dare scarso rilievo alla cornice mondana, ai commenti e alle reazioni più segrete dei familiari, i parenti e i conoscenti. Ignorava tuttavia che il costume borghese e il giudizio del proprio ambiente lo condizionavano fin troppo. Si riferiva con insistenza alla relazione coniugale del fratello Lao e della cognata Anna, sposatisi con tutti i crismi e tutte le convinzioni ma raffreddatisi ben presto nonostante che il loro matrimonio fosse confortato e ravvivato da viaggi, cene con amici d'identico rango e da altre soddisfazioni. Lui rifiutava perentoriamente quel ménage per sé e per la sua futura compagna, ma non era indifferente al fatto che le persone della loro cerchia non vi avessero nulla da ridire, lo rispettassero ritenendolo felice e addirittura lo invidiassero. Al Nino invece i due coniugi si rivelavano stanchi l'uno dell'altra, fino a condurre ciascuno una vita in proprio. Tutto si era consumato con l'esaurimento della conoscenza carnale, che non era stata coronata neanche dalla nascita di un figlio. La ragazza che egli avrebbe condotto all'altare sarebbe dovuta essere illibata perché, dall'idea che si era fatto in proposito, o la coppia anticipava le gioie del matrimonio durante il fidanzamento e le nozze finivano per far calare un siparo sulla stagione felice, oppure il loro apice giungeva con la legittima congiunzione sessuale, consumata nella prospettiva di mettere al mondo dei figli.

Era una concezione perfettamente cattolica e borghese, che teneva in debito conto l'impressione favorevole che avrebbe suscitato la sua sposa, l'affetto e la stima a lei tributati dai congiunti, dalla cerchia delle conoscenze, dei clienti e fornitori dell'azienda, dei vicini e via via dell'intera cittadinanza. Un certo spirito anticonvenzionale e laico spuntava dal suo orgoglio di costituire la propria vita da sé e di fondare il suo matrimonio, di comune accordo con la donna prescelta, in modi quasi autarchici, richiedenti sacrificio da entrambe le parti, nella certezza che a contare in tale unione non fossero i formalismi né l'avere, bensì il continuo dono di sé, la promessa di reciproca fiducia scambiatasi e portata avanti, il conforto dei valori morali ed estetici, l'affinamento costante e progressivo delle rispettive anime. Anche nel caso del Nino cremonese si trattava dunque di una sfida che, nella sospensione triestina tra guerra e ritorno a casa, l'ingegnere quarantenne lanciava a se stesso e al proprio ambiente.

Francesca con la sua freschezza e il candore, con quel pizzico di esoticità che nella provincia italiana si presta talora all'apprezzamento, costituiva una base buona, forse ottimale; ma quanto necessitava formarla, depurarla, accrescerla, sia perché corrispondesse alle proprie esigenze; sia per intimidire la diffidenza congenita nella famiglia di uno sposo, e non più giovane, dal quale ci si aspettava poi un sicuro erede... La questione della lingua assumeva un peso rilevante nel caso ne denunciasse lo stato sociale, banco di prova per un accoglimento stretto stretto o per entusiasmi ciechi. Man mano che lei si fosse abbandonata alla sua opera di modellatore, sì da essere trasformata in una sposa ideale e in una signora italiana, si sarebbe liberata anche dei lagnosi sentimentalismi slavi, che a lui non nuocevano purché venissero lasciati fuori dalla sua porta. Ma era capace la fanciulla di una tale metamorfosi e delle tante rinunce ad essa connesse? E in caso di solo parziale riuscita, non rischiava lui di subire un contraccolpo con la nascita dei figli, unica continuità del ceppo dei Ferrari?

Mentre Nino si abbandonava a queste riflessioni nella propria stanzetta in un'ala della stazione, ora scossa ora cullata dall'andirivieni dei treni, Franziska, rigovernata la cucina e stesasi sul divano da poco acquistato, ricostruiva l'incontro casuale con Sonja Stolc. Non possedeva difese valide per ritorcere il biasimo appena velato della compagna di scuola, che si sarebbe presto allargato tra la comunità o già aveva messo fuori le corna da qualche parte. Non si sentiva la coscienza interamente pulita e avrebbe trovato difficoltà ad affrontare l'irsuto dirigente del *Narodni Dom* al quale doveva l'assunzione alle ferrovie (nel recente febbraio non aveva aderito allo sciopero dei ferrovieri, stroncato con l'arresto di due sloveni, dando eccessivo ascolto al dottor Tognetti il quale dichiarava il proprio ufficio doverosamente funzionante rispetto a tutti gli altri). Con la conoscenza di Nino e il sentimento che ne era nato, ammetteva dentro di sé che l'amore di patria, la difesa civile, non possono occupare sempre ed esclusivamente il cuore di una donna. Altre ragazze slovene, tra cui una sorella del poeta Srečko, corrispondevano o si erano direttamente messe con soldati italiani, i quali non facevano distinzione tra loro e le triestine di lingua italiana, anzi palesavano una certa preferenza per loro, e senza che tra le coppie intercorressero rapporti di lavoro come nel caso suo e in quello tra la Tonia del suo stesso reparto e il padovano Ettore. Anche questa simpatia aveva contribuito a rendere l'ambiente più sereno, isolando il fanatico Cernetti che ora mostrava il *bronzo*, il broncio a tutti.

Lei aveva un interesse pratico a conservare la discreta armonia con i colleghi, sempre disposti a correggerle gli errori di scrittura benché il proprio lavoro riguardasse la contabilità, ma talvolta le avveniva di dover formulare un'annotazione come nel suo primo impiego a San Daniele quando però si scriveva soltanto in tedesco. Il suo impedimento ad apprendere bene la nuova lingua ufficiale derivava dalla padronanza dello sloveno e del tedesco, che vicendevolmente le guidavano la mano nel trascrivere certi suoni italiani, i quali richiedevano un accoppiamento piuttosto estroso di consonanti, la *gl (i)*, la *gn (i)*, la *sc (i)*, e si complicavano con l'uso capriccioso delle maledette doppie. Interferiva inoltre il dialetto locale che lei masticava parecchio, risultandole più accessibile della lingua pura, per cui imparava molto di più dai compagni d'ufficio, come preparati a quelle piccole insidie.

Durante l'ora di mensa riusciva talvolta a scansare il grande tavolo dei militari, un po' anche per far dispetto a Nino, e sedere a quelli singoli dei vicini di scrivania, dove si respirava un'aria più di casa e altrettanto scioperata, si parlava di cose di città, di negozi, vie, persone eccentriche, paesi conosciuti. Quando i superiori se ne andavano e gli inservienti avevano levato i piatti e anche le seggiole, s'intrattenevano per un altro po', Amelia le proponeva di recarsi con lei a un ballo, Giovanna e Piero Spinelli sedevano sui tavoli, lei si ricavava un cantuccio accanto a loro, dimenava le gambe nel vuoto, e si sentiva sciolta, bene accetta, una cittadina come gli altri.

Ma perché Nino non si decideva a un passo preciso? Se le voleva bene, come sosteneva, cosa c'era da aspettare considerando anche la sua età, il tempo che diceva di aver buttato via e che occorreva recuperare? Perché le si offriva e poi subito si ritraeva, preferiva che stesse in compagnia con altri o la portava nei bar anziché ricantucciarsi da soli in un angolino tutto loro? Perché esitava anche a baciarla mentre lei non desiderava di meglio, almeno per adesso, visto che lui intendeva rispettarla nella prospettiva che divenisse un giorno la sua sposa? E poi metteva avanti la propria povertà e vantava le ricchezze della famiglia con la servitù, le automobili, le donne in pelliccia...

Franziska era indecisa se seguitare a provocarlo, farlo arrabbiare e ingelosire (gli bastava così poco), oppure tagliar corto e proporgli di venire a casa a conoscere suo padre.

V

Le lettere del Ferrari si soffermano su un periodo oscuramente infausto della loro relazione. Subito all'inizio lei gli era apparsa buona, dotata di tutte le altre qualità che avrebbero finito per prevalere. Ma nel frattempo si era resa irriconoscibile, lasciando scorgere un insospettato lato "cattivo" del suo animo, al punto da indurlo a ritirarsi a piangere; fino ad aprirgli delle ferite che nemmeno nell'atto di rivangarle gli si erano rimarginate.

Il curioso è che tale alterazione della ragazza coincideva, come informava il medesimo scrivente, con la colma del suo innamoramento. A quali fatti dunque, a quali naturali travestimenti, oltre a quelli fin qui accennati, si era esposta la fanciulla nella foga sia pure scriteriata del suo nuovo sentimento?

È difficile arguirlo, stante l'ombrosità del suo accusatore, perdurando tra i due sia una differenza di età e di indole, sia una comunicazione sempre un po' approssimativa, la quale aveva potuto dar esca a equivoci anche seri. In aggiunta non mi resta che ripiegare sul rapporto ambiguo tra Franziska e il capitano Santachiara, suo prossimo, non occasionale né frettoloso corrispondente, attorniato a Trieste da moglie e figlie amatissime, e soltanto di un paio d'anni più vecchio del suo amico di Cremona. Se per tutto ciò ch'egli rappresentava agli occhi della giovane impiegata slovena appare abbastanza comprensibile la cauta adesione di quest'ultima al giocoso corteggiamento dell'uomo tanto in vista nell'ambiente delle ferrovie triestine, non si riesce invece a capire l'insistente interesse del maturo capitano nei confronti della ragazza, a meno di non volergli attribuire il fine più esplicito e maggiormente ricorrente.

Il Santachiara non solo pregiava pubblicamente, e soltanto pubblicamente per ora, le qualità fisiche e morali di Franziska, ma ne tesseva ogni sorte di lode anche in seno alla propria famiglia. Alla quale la fece conoscere e le cui componenti, dalla consorte Elena alle figlie Emma e Fiorella, ne rimasero altrettanto conquistate. È dunque verosimile che la ragazza del Carso mostrasse un lato fosco del proprio carattere al fidanzato mentre non destava riserva alcuna nel suo secondo ammiratore né nei suoi familiari?

Forse al Nino non stava bene che l'innamorata si recasse in visita ai Santachiara e probabilmente si adoperasse ad assecondarli con una disponibilità di cui abbiamo avuto altre prove e che era parimenti biasimata dall'orgoglioso cremonese. Egli certamente ricordava come poco dopo la conoscenza con l'appassionata ragazza che viveva pressoché sola, il superiore lo avesse spinto una sera ad entrare nel vicino stabile di viale Miramare per osservarla nell'intimità, o spiarla, da una finestra che dava sul cortile. Entrambi erano rimasti tra impacciati ed ammirati dopo averla vista intenta a rigovernare il suo alloggetto con la cura minuziosa e spazientita con cui una bambina agghinda la propria bambola.

L'episodio forse riemerse quando tra i due innamorati correva una spedita confidenza, e il sospettoso giovanotto venne istigato a ravvisare nell'invito del compagno d'armi un'intenzione non innocente.

Fu un'eclisse cupa ma breve. Nino ebbe presto modo non di ricredersi ma di riavere tra le braccia la Franziska dei primi incontri. E per premiarla, e autoscagionarsi, le fece un dono che per la sua portata simbolica venne subito definito "sacro". Le regalò l'anello appartenuto a sua madre.

Per riceverlo da casa, informò il fratello e la sorella a chi fosse destinato, e da allora i nomi di Lao e di sua moglie Anna, della Rina e della Zina, ricorrevano nei discorsi dei due innamorati con frequenza familiare, così come quello di Franziska risuonava, non privo di interrogativi, nel palazzo di Cremona.

A Franziska urgeva sia ricambiare il dono, sia introdurre Nino nella propria casa per presentarlo al padre.

L'incontro avvenne in una calda domenica di luglio. L'appartamento povero di mobilio brillava come uno specchio, vasi di fiori ne ornavano il soggiorno nel quale la ragazza aveva raccolto gli oggetti più pregevoli dell'alloggio.

Suo padre indossava un abito seminuovo che gli andava stretto: stava ingrassando, non aveva ingranato nella vita cittadina né bene sul posto di lavoro, la figlia sospettava che bevesse oltre a frequentare qualche donna sola di paese. Lo sguardo gli era divenuto più sfuggente, i baffi gli cadevano sul mento, era difficile fargli levare il berretto sformato e stinto, i suoi capelli grigi e folti si rifiutavano alla luce e all'aria come costituissero un rivestimento interno dello stesso copricapo.

Gli aveva fatto mille raccomandazioni di sedere composto, intervenire a modo, non posare i gomiti sul tavolo, non porre eccessive domande, tralasciare ogni riferimento sulla sua nascita.

«Ti sposa?» l'aveva interrotta il Dušan sollevando gli occhi.

«Come corri! Ci conosciamo da poco.»

«E allora cosa vuole?»

«Conoscere te per conoscerci meglio anche noi due. Prima di sposarsi è d'uso fidanzarsi, no? E prima di fidanzarsi conoscere i genitori.»

Il padre rifletté, nel cervello gli si era aperto un itinerario spianato e lui lo imboccò: «Tu hai conosciuto i suoi?».

«I suoi stanno in Italia, a Cremona, vicino a Milano, dove si fa il miglior mandorlato. Lui invece adesso è qui, lavora alle ferrovie con me.»

«Avevi detto che è un militare» il falegname per poco non protestò rinfrancato.

«Non più» fu lesta a informare la figlia. «Adesso attende alle riparazioni sulla strada ferrata come ingegnere.»

Il padre si rituffò in un silenzio ingrugnito per non commentare: "Proprio con un italiano ti dovevi mettere. Bella gratitudine verso l'imperatore".

Nino vestiva da borghese, i bianchi calzoni estivi,

larghi secondo la moda, una giacca a vento dal candore più tenue. Sembrava più alto e più bruno, ma anche la magrezza e il pallore del viso venivano accentuati.

I due uomini si presentarono, Dušan riguadagnò la sedia. Quale differenza tra loro, non molto distanti per età... Nino s'interessò del suo lavoro, lo Skripac lasciò oscillare la grossa mano: ora più, ora meno, ma c'era. Era fortemente impedito a esprimersi in italiano e ricorreva alla figlia con lo sloveno. Lei traduceva quanto e come le pareva. All'ospite premeva apprendere quante più cose degli anni a lui sconosciuti dell'innamorata. Quando aveva perduto la madre?

Franziska era imbarazzata a rispondere e inaspettatamente il padre intervenne in italiano, quasi risentito: «Quando xe nata qvesta» e la indicò col mento.

Il cremonese impallidì, i suoi occhi si addolcirono di tristezza. «Non me lo avevi mai detto. Non hai mai conosciuto la tua povera mamma?»

La ragazza era arrossita e rispose mentendo: «Credevo aver detto a te. O che sapevi da se».

Il disagio indusse Franziska a proporre un caffè e, ricevutone il gradimento, lei si portò nell'attigua cucina. Era in pena per il padre lasciato solo, temeva altre domande da parte di Nino, ma qualcosa bisognava pur offrire.

I due si guardavano e sorridevano, Dušan ebbe a un tratto l'iniziativa di accostarsi maggiormente all'ospite e assicurargli a bassa voce: «Franziska brava: in casa tuto neto, a scola molto brava...» e numerava con le dita. «Brava bambina, mai fato rabiare. Mai guardato altri òmini.»

«Ha molti pregi sua figlia, debbo riconoscere» confermò Nino. «Anche in ufficio è stimata e benvoluta. Eh, c'è poco da dire, ci si forma alla scuola della vita» sospirò.

«Brava a scola» ripeté il padre. «E niente vizio.»

La fanciulla lodata ricomparve con un bel vassoio fumante, lei stessa rischiarata in viso avendo udito ogni parola scambiatasi dai due e stimandosene soddisfatta. Offrì la tazza all'innamorato, servì lo zucchero al padre. Questi non finiva di mescolare e si sentiva commosso. Tutte le lacrime trattenute nel corso degli anni e risparmiate alla figlia premevano sui suoi occhi arrossati. Si trattenne ancora ma quando ebbe sorbito il caffè le sue spalle sussultarono. I due giovani s'irrigidirono per non perdere, non sciupare, quell'istante di emozione così brusca e intensa. Quindi Nino posò una mano sul braccio dell'uomo in segno di cameratesca solidarietà.

A Franziska parve giunto il momento adatto per la sua sorpresa. Aprì il vetro della credenza e ne estrasse il più ridotto astuccio del proprio battesimo. Il padre lo riconobbe all'istante e mutò espressione. Era visibilmente contrariato, quasi indignato, mentre la figlia lo porgeva all'ospite dicendogli: «Anche io ho piccolo regalo per te».

Nino lo ammirò con occhi lucidi e se ne lasciò cingere il collo. Per ammansire il padre, dalla stessa credenza lei prelevò l'astuccio contenente l'anello che non aveva fatto vedere a nessuno e lo aprì. Il gioiello di Cremona coronato da sei brillantini quasi affossava la medaglia coniata a Vienna. Ma il falegname di San Daniele continuò a rimanere muto. Mai, e non soltanto lui, avrebbe pensato a tale sua ultima destinazione.

VI

Il tenente Ferrari compì la più lunga missione da quando aveva raggiunto Trieste. Alla guida del Serafini si portò con un gruppo di genieri in Carnia per consolidare le linee danneggiate dagli scontri armati.

La signorina *Francesca Scrippa* ricevette la sua prima lettera indirizzata alla sua abitazione di viale Miramare divenuto viale Regina Elena. Nino le descriveva le bellezze dei picchi delle Alpi Giulie su cui contava di salire dopo aver concluso i lavori nella valle del Degano. Si riprometteva di raccontarle ogni cosa a voce, ma non ebbe modo di farlo.

Non salì nemmeno al passo di Monte Croce Carnico. Tornò da solo con una febbre da cavallo. Dopo tre giorni d'intontimento, nei quali perfino le visite di Franziska lo affaticavano, il dottor Tognetti ne ordinò il ricovero all'ospedale militare.

Gli venne riscontrata una pleurite allo stadio acuto. Mentre gliela arginava levandogli litri di un liquido nauseabondo, a nessuno era consentito di entrare nella stanza del malato.

Franziska sostava nel corridoio coi suoi pentolini di semolino in brodo e carne bianca che riportava a casa. Aveva preso le ferie e nelle ore serali veniva raggiunta da quasi tutti i colleghi. Formavano ormai una bella compagnia, affiatata e solidale. Giunse con loro la notizia che il capitano Santachiara era stato trasferito ad altro ufficio presso il municipio di Isernia, nel Molise. Era partito con la famiglia e Franziska si dispiaceva di non aver salutato la moglie né le figlie. Scrisse loro una breve, controllata lettera di auguri.

La convalescenza di Nino fu lunga ma confortata dalla facoltà di stare di nuovo insieme con l'innamorata. Lui non cessava di riconoscere che il male lo minacciava da tempo, da prima ancora che si fossero conosciuti. «Ora lo sai perché mi trovavi così indeciso e restio ad abbandonarmi. Sentivo di non avere il diritto d'impegnare la tua giovinezza. E adesso meno di prima.»

«Ma gvarirai!» protestava lei non troppo convinta per le due fosse che gli incavavano le guance, le occhiaie scure sotto lo sguardo troppo acceso.

In certe mattine di sole, rinfrancato da una buona colazione, le prendeva una mano nelle sue e s'inoltrava in considerazioni che via via lo elevavano ad un'esaltazione ebbra: «Lo vedi che nella vita tutto può cambiare all'improvviso, che si ha bisogno di poggiare su valori esclusivamente interiori, che l'amore stesso non può contentarsi di baci né di ciò che ad essi solitamente segue? Dobbiamo render ricca la nostra anima, appagarci del gusto dei sacrifici, della soddisfazione di aver fatto una rinuncia... Se così penserai in stretto accordo con me, nulla ci spaventerà, gli altri potranno commiserare la nostra sobrietà e la solitudine, ma non riusciranno a non rispettarci, sotto sotto anche invidiarci perché la nostra felicità sarà cristallina e duratura, la loro soltanto di facciata, rosa dai dubbi sulla sincerità e fedeltà reciproca, resa assillante dalle stesse esigenze materiali che verranno loro meno. Sei pronta a seguirmi in questo itinerario per pochi? Sarai con me? Mi darai la possibilità di specchiarmi sempre nella tua anima come avviene adesso?».

La ragazza lo rassicurava ma non lo capiva perché a buona parte di tale programma era preparata per vie naturali. Di ciò, secondo lei, non metteva conto neanche parlare. Si lasciava piuttosto blandire dalle prospettive concrete in cui la introducevano quei programmi e quei sogni: le città che avrebbe conosciuto, i nuovi parenti che avrebbe amato, la loro casa, quella sì da tenere come uno specchio per la gioia dei figli che sarebbero venuti. Aspettava sempre il momento di chiedergli se vivendo in Italia l'avrebbe condotta a visitare anche la propria terra che pure non aveva mai ammirato se non con la fantasia e in qualche illustrazione: le vallate attraversate dalla Drava, le tre vette del Triglav sempre ricoperte di neve, le cittadine antiche quanto la storia della sua gente: Ljubljana, Novo Mesto, Maribor, il castello di Celje, i tetti di Ptuj da dove si godeva la distesa ungherese; e poi conoscere la Croazia, la Serbia, il Montenegro del re poeta Njegoš. Proprio in quei mesi il monarca serbo proponeva la costituzione dello Stato degli Slavi del Sud, da qualcuno già chiamato Jugoslavia; chiedeva che esso comprendesse anche Trieste, Gorizia, l'Istria, le terre del Friuli fino al Tagliamento, il che le sembrava piuttosto esagerato e capiva perciò le reazioni dei nazionalisti triestini che giustificavano l'occupazione di tutto il territorio bagnato dall'Isonzo e rivendicavano all'Italia anche la Dalmazia. Se, definita la questione dei confini, i governi si fossero messi d'accordo una buona volta, sarebbero diventati due Paesi fratelli, come sosteneva il capitano Santachiara, l'uno di aiuto all'altro, e in questa fratellanza sarebbe svanito il tormento di lei slovena innamorata di un uomo italiano, futura madre di bambini che sarebbero stati italiani e slavi, avrebbero parlato ambedue le lingue, non avrebbero trovato nessuna difficoltà a costruirsi le loro vite a Firenze oppure a Zagabria, sarebbero rimasti all'oscuro di ciò che sono le contestazioni e le rivendicazioni, il rimorso per il darsi troppo e troppo poco...

«Occorre fregarsene di ciò che pensa l'opinione pubblica» la distolse Nino. «Non è formata che da persone mediocri, che vogliono farti stare al loro gioco. Noi dobbiamo rispondere soltanto a noi stessi, e stop. Hai capito, coccola?»

Franziska assentì; anche a marciare controcorrente era già preparata. Lo aveva fatto da sola e se l'era cavata. A fianco di Nino di che cosa avrebbe temuto? In che cosa esitato? Lui le chiedeva la sua anima, lontano dall'immaginare quanto grande fosse la sua anima slava, quanto inesauribili la sua dolcezza e la capacità di sofferenza... Lo contemplava sorridente e dentro di sé si disse pronta ad assorbirgli tutta la malattia, a non abbandonarlo dopo, nemmeno se l'avesse scacciata.

Da Cremona arrivò Rina, la sorella maggiore. S'incontrarono nell'atrio e, quasi non prendendo nota l'una dell'altra, si avviarono per la stessa scala, infilarono la corsia a destra, la forestiera davanti, Franziska dietro, sostarono entrambe davanti alla stanza singola, riservata al tenente Ferrari. La Rina si voltò e tirò a indovinare: «Ma tu sei Francesca?».

«Sì, e lei Rina?»

Si abbracciarono.

«Identica di come Nino ti ha descritta, come ho fatto a non pensarci? Ma è roba da matti!»

Entrarono spartendosi i due lati del letto. Le facce vicine accrebbero la somiglianza tra fratello e sorella, nei capelli, nel colorito, il volto di lei tondeggiante col nasetto all'insù, la dentatura irregolare e fragile. Franziska osservava attentamente l'italiana pure sulla quarantina, lieta di trarre lui fuori dall'anonimo ambito della truppa in grigioverde e riportarlo a una prima radice sua propria, sollecita a conquistarsi un'alleata in un continente ancora tutto da scoprire.

Non occorreva si destreggiasse molto perché la Rina sconfessava il fratello piuttosto musone con una ininterrotta estrosità. «Non scherza mica in carineria la tua fidanzata!» esclamò. «Farei anch'io la malata per vedermi così assistita.»

La slovena s'imporporò nell'udirsi promossa a un titolo al quale esclusivamente ambiva e che, a incominciare dall'innamorato, scettico di natura e assai formalista a questo riguardo, nessuno le aveva ancora tributato. Si offrì di ospitare la sorella dopo aver premesso: «Non aspettatevi casa di lusso, ma semplice, pulita, e con tutto cuore».

La cremonese si sdebitò prontamente: «Senti, senti come si fa capire in italiano, e tu che per poco non mi facevi assumere un traduttore tedesco! Giuro che è un incanto ascoltarla» e corse ad abbracciarla.

Quasi infastidito dal chiasso, Nino trasse da sotto

il cuscino una lettera e la porse a Franziska: «Mi ha scritto il nostro formidabile capitano. Dalle pure una scorsa».

Lei riconobbe la scrittura ferma ed elegante dei regolamenti e degli ordini di servizio, con gli svolazzi a inizio e fine di ogni parola. Il Santachiara si felicitava per il superamento della pleurite, di cui era stato informato dal dottor Tognetti e dalla stessa signorina Francesca, "la gentile fidanzata tua ora che la cosa dalle vostre chiare e liete espressioni apparisce più che mai ufficiale".

Ancora arrossita, la lettrice fu subito spinta a protestare di non averne fatto alcun cenno nel proprio breve scritto, ma fu trattenuta dall'espressione tra gaia e sorniona di Nino che sembrava alludere di approvare l'affermazione dell'ex superiore. Per l'imbarazzo seguitò la lettura apprendendo così l'acuta nostalgia del Santachiara il quale guardando i colli di Isernia s'illudeva talvolta di scorgervi la corona del Carso triestino, e ripensava ai buoni amici, "ai discorsi infiammati alla loro mensa, ai viaggi fra artistici e sentimentali, a Fiume bella nel suo dolore ed oggi fiammeggiante della fiamma più pura e rovente...".

Espressioni del genere avevano il potere di produrre in lei uno stato d'animo del tutto opposto a quello che intendevano ispirare: di gelo quasi lugubre, di una superstiziosa paura, di una minaccia persistente. Da alcuni mesi quel cupo nome, Fiume, era venuto a concentrare l'ostilità tra le due parti che se la contendevano, così come si spartivano il suo animo dolorante, bramoso soltanto di tregua, se non di pace. E invece più progrediva la sua vita, più si affondava il solco d'isolamento nel quale veniva ricacciata sia dall'acuirsi delle passioni civili, sia dalle nuove acquisizioni affettive. La riga successiva diceva testualmente: "Se fossi ancora a Trieste, sento che sarei invece a Fiume, con d'Annunzio".

Tutto il mondo aveva condannato quell'occupazione sleale, fraudolenta, lo stesso governo italiano la disapprovava. Ma perché il capitano Santachiara, oltre a contraddire le proprie asserzioni di moderato, coinvolgeva Nino nei suoi ingiusti pensieri? C'era un intendimento segreto tra i due, a lei sempre tenuto nascosto?

«Che ti succede?» le chiese l'ammalato interrompendo il conversare con la sorella.

«Brutte notizie?» gli fece eco questa.

Franziska si sentì stonata e antipatica prima ancora di parlare, ma sentiva pure di doverlo fare; e non sapeva dove tenere lo sguardo quando rispose: «Tu conossi lettera meglio che me. Non ocorre domandare».

I due fratelli la guardavano a bocca aperta; poi Nino sondò: «Ti dispiace sentirti chiamare fidanzata? Anche la Rina ti ha chiamato così».

«Mi dispiace di Annunzio. Anche tu saresti a Rijeka se non fosti qui?»

La sorella aveva arrestato il proprio impeto, taceva curiosa dell'improvviso battibecco tra gli innamorati. Il fratello si spiegò pensando di rassicurare Franziska: «È una delle solite sparate del Santachiara. Certo che lui si troverebbe a Fiume con quegli esaltati. O molto probabilmente no» ci ripensò. «Lui è ligio alla linea dello Stato, che servirà sempre e dovunque.»

«Qui ci sono certe facce in giro» interferì Rina. «Anche il mio treno era pieno di arditi. Questo Mussolini a me non piace.»

L'atmosfera prese a rasserenarsi. Si scambiarono impressioni di altro genere, la sorella aggiornava Nino sulle novità di casa.

Le due donne fecero ancora combutta, e lasciarono l'ospedale insieme. All'altezza del Tribunale dovettero rasentare un gruppo di giovani chiassosi. Si presero a braccetto. «La biondona non è male» commentò uno alle loro spalle. «Una bela mula la xe, non se vedi?» replicò un altro nel dialetto di casa. «In mancanza di meglio io mi farei anche la moretta» comunicò un terzo.

Rina stette per girarsi, la compagna le strinse il braccio e allungò il passo. Arrivate davanti al caffè Fabris, prima di svoltare verso via Udine, che era la strada un po' più corta per ridiscendere in viale Miramare e soprattutto meno frequentata, Franziska non si trattenne dall'indicare a Rina il *Narodni Dom* con le finestre illuminate al primo piano occupato dall'albergo Balkan. «È nostra casa di cultura, ma ha anche banca, albergo e restaurant. Tutto di sloveni.»

«Ma fate gruppo a sé come una volta gli ebrei?» domandò la cremonese con compassionevole incredulità.

L'altra si divertì a smentirla: «Oh no, niente ebrei» rideva. «Noi siamo catolici come voi italiani. Anche più. Io però no. E tu?»

«Pochino» ammise Rina. «Nella nostra famiglia c'è una lunga tradizione di liberi pensatori. Nino te ne avrà parlato.»

«No» si stupì schiettamente la fidanzata congiungendo le piccole labbra a bocciolo.

L'ospite prese subito confidenza con la casa. Improvvisarono una cenetta a base di verdure fresche. Franziska aveva tante domande da porre, ma la Ferrari si era fatta più riservata o accusava la fatica del viaggio. Si divisero il letto. Spogliandosi Rina si aprì a questa frase: «Mio fratello Nino è una pasta di ragazzo. Ma non bisogna mai contraddirlo, neanche quando è nel torto. Come tutti gli uomini, del resto».

Contratta nel margine del letto Franziska chiese: «Siete ricchi?».

Colta alla sprovvista, la cremonese per la prima volta rispose con ritardo ed evasivamente: «Si sta bene». Forse per non illuderla, forse per non umiliarla.

Rina non partì da sola, si portò dietro Nino su consiglio dei medici che suggerivano di farlo visitare da uno specialista. Lui non lasciò scorgere l'avvilimento, cercava sempre di non importunare gli altri coi propri umori, ma quando sulla pensilina si staccò da Franziska nel grembiule d'ufficio, lui viaggiatore in ferrovia come tanti, trasparì sul suo volto un secco rimpianto. Gli piaceva quella tregua stiracchiata del dopoguerra che lo tratteneva a riparo dalla vita borghese e che si stava coronando con un amore inatteso, il quale poneva una seria premessa a un futuro più addomesticato.

Franziska si sentiva invece attorniata da un vuoto totale e attribuiva una scaltrezza perfida a Rina, venuta per portare a casa il fratello, per rompere la sua intesa con una sconosciuta.

Da quell'abbraccio alla stazione, luogo di distacco per i due da una doppia intimità, il loro rapporto era destinato a farsi quasi esclusivamente epistolare.

Terza parte
Le lettere

I

È curioso che dei carteggi si conservino più frequentemente le lettere scritte da mano maschile. Viene così confermato che gli uomini, oltre a rivelare minor cura per le cose private, preferiscano non mantenere traccia di una loro sconfitta, oppure amino vantare altra specie di trofeo. Le donne per loro natura conservano invece tutto e perfino lo tramandano ai loro eredi, anche nel caso che tali documenti di vita trascorsa abbiano recato più dolore che gioia e siano da registrare a loro perdita anziché a vantaggio.

I nostri due innamorati si saranno certamente reincontrati negli anni successivi alla loro diretta relazione, ma la parca corrispondenza di lui, custodita da lei, stranamente non lo riflette. Questa vive e si nutre di sé, oltre che del contenuto delle lettere di lei. Franziska dovette essersene profusa con ritmo vertiginoso, e fu impresa ardua per la slovena del Carso.

Non le rimaneva altra possibilità per riempire il suo vuoto, ridurre la lontananza. Le urgeva nel contempo chiarirsi, capire, al di là degli equivoci causati dal proprio comportamento privato e dalla ristretta, anche se migliorata, capacità di esprimersi a voce. Pertanto ci troviamo di fronte al paradosso di una creatura che, non controllando bene la parlata con cui comunicare col suo fidanzato, conta di rivalersene attraverso quel medesimo mezzo elevato a scrittura.

L'idea è suggestiva, anzi è molto patetica, ma non regge. Lei era ben consapevole di non riuscire meglio senza il supporto dei gesti, dei sorrisi, dei silenzi e degli sguardi sia pure indagatori, e gravata dall'insidia dell'ortografia. Ma vi suppliva facendo ricorso a una sincerità che il parlare non sempre consente, ossia dando la stura alle effusioni del proprio animo che concernono pure la sua raddoppiata difficoltà espressiva.

Nella prima lettera da Cremona, Nino affronta il più ricorrente tormento di lei affidato alla penna e, toltagli la spina, col suo buon senso pratico lo inquadra nell'intero problema che esso pone e che indubbiamente ha da essere risolto: "Io non sono indispettito con te, e nemmeno ho vergogna di te, anche se nelle tue lettere vi sono molti errori. Imparerai col tempo! Anche nelle ultime ve ne erano molti, quasi sempre errori di ortografia – vale a dire metti due consonanti quando ne occorre una sola e viceversa. Te *lo* detto [maestro non certo esemplare, forse intrappolato dalle stesse scorrettezze da porre in rilievo] molte volte cosa si deve fare per correggersi. Pronunzia la parola ad alta voce e sta un po' più attenta e così non ti verrà fatto di scrivere *Antonietta ha l'aschiatto l'Ettore...* A me non importa che conoscere i sentimenti del tuo animo, e non bado se me li scrivi con tanti o con pochi errori. Devi però imparare per te e per gli altri, perché se tu dovessi scrivere sempre in Italiano a quel modo, non io, ma tu sentiresti vergogna. Povera coccola! Io ti sgrido invece d'accarezzarti! Va' là che hai fatto anche troppo! Dio sa come scrivevi l'Italiano un anno fa! La colpa non è tua – hai così poche occasioni di parlare italiano! Ma dimmi: non mi avevi una volta tu detto che saresti andata ad una scuola serale per imparare la mia lingua? Oppure che avresti preso lezione? Vedi, io preferirei che tu andassi a scuola invece che imparare a fare la sarta. O forse non ci vai più?".

Nino Ferrari parla raramente di sé, dei suoi problemi concreti che in realtà sono scarsi ma assillanti. Dalle località da cui partono le sue lettere e dai nuovi recapiti comunicati si arguisce che la sua affezione polmonare desta preoccupazione e che non è stata ancora chiarita.

È ricoverato a Livorno, deve affrontare una nuova visita a Verona sempre nell'ambito sanitario militare. Non intende dunque abbandonare l'esercito per restituirsi alla vita privata, probabilmente continua a sperare di far ritorno a Trieste. Rivolge mille domande a Franziska sul lavoro all'ufficio, i colleghi, le abitudini. Si palesa un po' deluso che tutto proceda senza di lui, teme che qualcosa muti nelle consuetudini della ragazza, la mette sull'avviso, scoprendo di nuovo il lato sospettoso del suo carattere, di solito attribuito ai meridionali: "Dove vai dopo l'ufficio? La signorina Amalia e Anita ti rispettano sempre? Non ti danno mai cattivi consigli? Non cercano d'indurti *di* andare a spasso, o di partecipare a qualche divertimento? Non accettare sai Francesca, perché poi te ne pentiresti. Io desidero però che tu ti diverta, ma devi ricordarti sempre che se vuoi diventare la mia sposa devi cominciare fin d'ora a fare la Signorina. Devi essere gentile, generosa lo sei, affabile, ma devi essere anche un po' riservata".

La lealtà del giovanotto si conferma una dote di fondo. Non appena gli si offre l'occasione, egli usa la propria larghezza senza risparmio. Ma con quanta spontanea grazia, con quale coerenza con se stessa la ragazza, a dispetto della scrittura arrischiata, è capace di svelarsi non soltanto, come più avanti vedremo, a un uomo schietto qual è il Ferrari, sempre pronto a premiarne lo slancio. "Povera coccola! La tua semplicità mi commuove e io sono contento che tu preferisca una parola mia ad un regalo maggiore. Io vorrei che tu rimanessi sempre così, io desidero che tu riconosca che la vera felicità della vita non si trova nella ricchezza ma bensì nella bontà dell'animo nostro. Se tu avrai fiducia nella mia lealtà e nella mia nobiltà, sarai felice! Ti ricordi quando ti dicevo che bisogna essere figli di Re? Comprendi ora il significato di questa parola? Io ti voglio bene, tanto bene. Amo i tuoi capelli d'oro e la tua persona gentile, ma soprattutto amo il tuo animo semplice, quello che mi dimostri nelle tue lettere, così diverso da quello cattivo che mi faceva piangere una volta. Tu non lo sapevi, ma io avevo paura quando eri così cattiva! Avevo paura che avrei dovuto abbandonarti per non fare la infelicità di entrambi. Ora sono più tranquillo perché le tue lettere hanno rivelato quel carattere che io supponevo in te quando ti ho conosciuta, e che tu al principio, ai primi giorni, mi avevi mostrato. Te ne ricordi? Come eri buona allora! Lo eri come sei adesso? E sarai così non è vero, o coccola cara? E i tuoi capelli son sempre belli? Sono sempre d'oro? Vuoi tanti baci? Te li mando tutti."

II

La fondazione dei fasci di combattimento, avvenuta a Milano il 23 marzo 1919, aveva avuto parecchi aderenti a Trieste nelle file degli arditi della guerra appena combattuta e tra i soliti nazionalisti che continuavano a dichiararsi irredentisti perché la questione con la Jugoslavia rimaneva aperta (come la si vuole tutt'oggi, alle soglie del Duemila, quando quel Paese si è frantumato). Il loro numero aumentò sia per le protese della monarchia serba di annettersi la Venezia Giulia e parte del Friuli, sia per la rivendicazione italiana della Dalmazia, avanzata a più riprese nel corso dello stesso anno.

Gli obiettivi più prossimi contro cui scatenarsi erano a Trieste costituiti dal folto e compatto partito socialista, al quale aderivano diversi sloveni, e le organizzazioni sociali di questi ultimi. Tra il 3 e il 4 agosto, quando Nino Ferrari si trovava tra le montagne della Carnia, i carabinieri – come informa uno storico locale – intervennero duramente contro un corteo socialista che comprendeva pure molti bambini reduci da un soggiorno in colonia. Seguirono arresti, scioperi e manifestazioni di giovani nazionalisti e di arditi, che poi attaccarono anche sedi operaie e slovene. L'atmosfera si surriscaldò con l'impresa di Fiume a cui d'Annunzio diede avvio il 12 settembre, ricevendo presto l'appoggio di Benito Mussolini.

Su pressione delle potenze europee e statunitensi, i governi di Roma e Belgrado iniziarono a trattare a Pallanza nel maggio 1920. Interrotte per la caduta del governo Nitti, le trattative ripresero ai primi di luglio a Spa. La parte italiana si mostrò risoluta ad acquisire anche sulla carta, dopo averlo fatto militarmente, un confine sicuro sulle Alpi Giulie e apparve invece più cedevole sulla città di Fiume che poteva essere trasformata in Stato indipendente. In quegli stessi giorni una motolancia della marina italiana, che perlustrava la costa dalmata, si spinse nelle acque jugoslave al largo di Spalato e aprì il fuoco su un corteo di protestatari contro lo sconfinamento. L'artiglieria slava rispose all'attacco uccidendo due graduati italiani.

Il 13 luglio si ebbe a Trieste la grave ritorsione, che anticipò i metodi repressivi della dittatura fascista. Partite da una manifestazione in piazza dell'Unità, le camicie nere raggiunsero il palazzo del *Narodni Dom* e vi appiccarono il fuoco. Anche per la stagione calda, secca, le fiamme divamparono, le persone che non erano riuscite a mettersi in salvo si gettarono dalle finestre, un padre e una figlia, ospiti dell'albergo Balkan, perirono. Né la polizia né i reparti militari si mossero. Il palazzo, una costruzione in stile Secession dell'architetto Max Fabiani, nato nei pressi di San Daniele del Carso, che concentrava tutte le organizzazioni slovene, ardeva sotto gli occhi della moltitudine accorsa.

Anche Franziska aveva lasciato il lavoro per raggiungere il luogo che dalla stazione ferroviaria distava alcune centinaia di metri. Sgomento, ribellione, pietà e un più fondo e doloroso senso di colpevolezza si contendevano il suo animo. Lei non era più la ragazza slovena in facoltà di patire quell'insulto fino alle ultime fibre del proprio essere, né di levare il capo verso il cielo per chiedere con occhi tersi che cosa avesse commesso la sua gente e quale punizione dovesse ancora attendersi. Si chiuse nel suo dolore monco, che comprendeva anche tale amputazione di se stessa. Quanto era infelice; quanto i casi della vita, i fatti della storia, il semplice svolgersi delle cose, si rivelavano avversi a lei. Scorse il dirigente dai capelli irti e bianchi che si agitava nel fumo cercando d'introdurre un principio di ordine nel caos, di porre in salvo singoli oggetti tra i molti avvolti dalle fiamme o già ridotti a cenere. Non ebbe il coraggio di muovere un passo in avanti e si rigirò, raggiunse la biforcazione del caffè Fabris e, attraversando la fiumana di curiosi allibiti, ingorgata dal tram per Opicina bloccato a pochi metri dal capolinea, si diresse a casa.

Soltanto qui, nell'aria familiare che riproponeva il flusso appena interrotto della sua presente quotidianità, si sciolse in un pianto sommesso. Più tardi sedette al tavolo, vi pose al centro il calamaio d'inchiostro verde con la penna già infilata, distese davanti a sé un foglio della carta da lettere.

Non scrisse a Nino, bensì al capitano Santachiara dagli incrollabili principi di fede nella propria patria liberale e di rispetto per quella altrui, il quale tuttavia si era rammaricato di non trovarsi a Fiume con d'Annunzio a violare gli accordi internazionali e dar vita a quella gazzarra presa a pretesto da tutti i facinorosi per sfogare il loro odio e la smania di distruzione. La sua avrebbe voluto essere una vibrante protesta a nome del proprio popolo dal quale aveva più di una cosa da farsi perdonare, rivolta a chi le rappresentava la massima autorità italiana, e insieme una sfida ad armi pari. Ne venne invece fuori un piagnisteo vittimistico, un reclamo esaltato e disarmato che cedeva non pochi punti allo scaltrito interlocutore.

A commentare i fatti di Trieste fu per primo il Nino nella sua lettera del 14 luglio: "Ho letto oggi sul 'Corriere della Sera' che ieri a Trieste sono successi dei gravi disordini, che si sono picchiati Italiani e Slavi, che hanno bruciato il Balkan, ecc. ecc... Povera Francesca! Io penso che tu sarai molto addolorata. Io ti consiglio di essere forte e sopra tutto di non parlare, di non manifestare i tuoi sentimenti, perché ti faresti dei nemici inutilmente. Hai capito? In materia di nazionalismi hanno ragione tutti. Gli slavi hanno picchiato gli Italiani a Spalato, e a Trieste è successo il viceversa. Speriamo che il Governo nuovo una buona volta faccia la pace, e così non vi saranno più nemici.

"Bisogna avere pazienza. Solo il tempo mette le cose a posto. Ti raccomando ancora di non pensare, di non dire quello che pensi. Ti raccomando ancora di stare alla spiaggia del mare più tanto tempo che puoi. Fatti un costume e stai lì a cuocerti al sole".

Il semplicismo bonario del lombardo si evidenzia al massimo quando gli avviene di affrontare problemi di ordine pratico. Sicuro come non mai si dimostra pure il suo affetto protettivo per l'innamorata ed ex compagna di lavoro. Ma più curioso ancora mi pare la prudenza del tenente dell'esercito italiano, il quale, dimessa l'uniforme, attinge al buonsenso popolare sempre scettico e cauto nei confronti di quanti fanno o servono la politica.

Molto più inverosimile è che a questo principio si attenga in parte anche l'ardente e rigoroso Santachiara, sia pure con diversa intonazione e intenzione, in un risvolto della sua articolata risposta alla lettera di Franziska: "Molte volte io ho trepidato per Lei: che non abbiano a usarLe sgarberia da parte Slava, forse conoscendo che Ella è fidanzata d'un ufficiale Italiano; che Ella non sappia dominare il Suo sentimento slavo di fronte alla folla italiana che (come tutte le folle di qualsiasi paese) non ragiona tanto pel sottile quando è eccitata. La prego quindi io pure – come assennatamente Le consiglia l'ottimo Ferrari – di non manifestare in luoghi e in giorni di disordini i Suoi sentimenti: né per gli Slavi né per gli Italiani. Saremo così più tranquilli quanti Le vogliamo bene".

Ma nella lunghissima lettera, che in considerazione dei suoi rilevanti riflessi storico-politici il professor Pečenko, o chi per lui, si era risolto a copiare a macchina riempiendo sei fitte cartelle e sottolineandone i tratti più significativi, il corrispondente con altro stile insinua, deduce e vaticina sulla traccia del confuso sfogo epistolare della sua protetta. "Nobilissima fanciulla! La sua lettera è stata una festa per me: una festa purissima se pure mi ha destato sentimento di malinconia: quante volte nella malinconia è una dolcezza grande? E l'ho riletto più volte quel Suo biglietto dai caratteri verdi di bambina. Fa tanto bene a noi già avanti con gli anni e ormai più abituati alle brutture che non alle cose belle della vita – fa tanto bene, dicevo, il contatto della semplicità e della purezza delle anime buone e ingenue come la Sua! [...]

"Specialmente mi hanno colpito – ma non per sorpresa, che quasi me le aspettavo – le Sue parole accorate per i fatti tristi di Trieste, che non sono poi di Trieste soltanto... Le dirò che sono stato sul punto di scriverne io a Lei nell'ultima mia e me ne sono astenuto per non dar dolore a Lei così squisitamente sensibile. [...]

"Ella ammette nella Sua lettera ultima che la colpa originale di quanto tristamente avviene sia dei Suoi fratelli Slavi, e chiama *vendetta* eccessiva quella dei miei fratelli. Quello che Ella ammette (specialmente sapendo che è per Lei un gran dolore doverlo riconoscere) è molto grave per gli Slavi se è proprio una loro sorella, e una dolcissima Sorella, a confessarlo, ma non è *vendetta* quella degli Italiani poiché L'Italia non si vendica mai per vendicarsi, anche se qualche volta ne avrebbe il diritto. Noi siamo un popolo generoso, ma sensibile e ardente: quello che è ingiusto ci offende e ci ribelliamo. Qualche volta possiamo perdere la misura nel reagire, ma oggi non mi pare sia il caso di dirlo, se si pensa all'assiduità della offesa da parte di chi ci offende: se si pensa che per offendere noi si offende anche la verità e la giustizia e si nega quella che è storia palpitante di ieri e si prèdica come vergogna d'Italia quello che è invece il nostro titolo di gloria più bello; l'onestà politica più assoluta, che a torto si scambia per inferiorità o debolezza.

"Creda pure, gentile e buona fanciulla, che con infinita tristezza io dico a Lei queste cose: ma non posso d'altra parte tacerle a chi – come Lei – ha un delicatissimo e commovente amore per la propria terra e pei suoi fratelli di lingua e di storia, e quindi non solo sa riconoscere negli altri lo stesso diritto, ma nel suo cuore giustamente li disprezzerebbe se non avessero anch'essi la religione della loro Patria.

"Che colpa abbiamo noi figli di Italia se nel nostro giardino, in quel giardino che Dio stesso e le forze grandiose della natura, e diecine di secoli di storia hanno assegnato a noi in modo assolutamente certo; se in questo giardino l'Austria maligna nella sua furberia e furba nella sua malignità tradizionale aveva trapiantato con assidua perfidia fiori di altri giardini, appunto per cancellare le tracce distintive del nostro giardino da quello degli altri e rendersi padrona di entrambi? L'Austria che non era una Nazione ma un miscuglio di nazionalità, che non conosceva la gioia divina di una Patria propria, ma che tutte le Patrie della sua superficie offendeva e distruggeva per dominarle tutte?

"Anche la forza del nostro diritto, la virtù dei nostri figli, la potenza della nostra onestà, il sangue di 600 mila fratelli ci hanno ridato finalmente il giardino bellissimo che era sempre stato nostro: ora che finalmente abbiamo anche noi il legittimo e sacro proposito di recingere di una siepe e chiudere con un cancello questo giardino che è nostro innanzi a Dio e innanzi agli uomini, ora ci si chiama ladri e ci si contende l'attuazione del nostro sogno col pretesto che nelle nostre aiuole ci sono troppi fiori di altra terra!... Che colpa ne abbiamo? Dobbiamo forse distruggerli, quei fiori, per conservare il giardino? Non ne siamo capaci; non ne abbiamo il diritto:

amiamo troppo i fiori ed abbiamo dato tante prove di saperli rispettare e coltivare con ogni tenerezza, anche se non sono proprio quelli del nostro cuore. Ma il giardino, figliola gentile e pensosa, il giardino che è tutto nostro, che abbiamo sognato fin dalla culla, che ci costa tanto sangue dei padri e nostro, che è l'eredità unica pei nostri figli... oh! no: il nostro giardino non possiamo cederlo, sia pure per vedere felici mille e mille fanciulle slave dolcissime come Lei!...

"Del resto, quanti fiori elettissimi di Italia rimangono pur sempre nelle aiuole, pur esse bellissime, della Slavia, che non pensiamo neppure a contendervi, perché sappiamo che sono vostre, o per lo meno che non appartengono a noi? Ebbene, nobilissima fanciulla mesta, dica il vero: come ci trattano i nostri poveri fiori, i fratelli Suoi? [...]

"Non so se glie l'ho mai detto, ma un fatto la cui stranezza mi ha colpito profondamente è questo: Nel Suo popolo gli uomini sono violenti, duri, ostinati, talora feroci; mentre le donne hanno tutte una grande soavità, un carattere mite e sorridente, le linee del volto e dell'anima dolcissime. È una constatazione che colpisce di meraviglia tutti noi e riempie di speranza – pur nel forte dei risentimenti – l'anima nostra italica di poeti innamorati di tutte le cose belle e meravigliosi estimatori di tutto quello che è gentile. Della speranza – voglio dire – che molti anni non passeranno senza un durevole e sincero rappacificamento fra i nostri due Popoli, che sono due grandi Popoli, ma ancora non si apprezzano vicendevolmente.

"Il nostro istinto raffinatissimo di equilibrio e di

misura, le nostre qualità naturali di onestà politica a tutti i costi – e dall'altro lato la preziosa collaborazione di voi donne e madri e fanciulle e spose bellissime Slave con un'opera assidua e convinta di persuasione e di mitezza verso i vostri uomini battaglieri – sgombreranno il campo dai malintesi che dolorosamente lo insanguinano. E i due popoli, nella stima e nel rispetto reciproco, si saranno compresi e percorreranno insieme, senza rancori e senza gare, le vie soleggiate del grande avvenire che spetta a ciascuno.

"Non è vero che l'ha anche Lei – Fanciulla gentile – questa speranza, anzi questa certezza? Io spero di vivere abbastanza per vederla compiuta; Ella certamente lo vedrà quel giorno lietissimo in cui con pari orgoglio si sentirà Italiana e Slava e le tristi contese di oggi sembreranno un ricordo lontano, lontano..."

Forse in questi ultimi passi, pure riempiti col pennarello giallo, il professor Pečenko avrà trovato "de la poesia", probabilmente perché vi vedeva proclamato il sogno più ricorrente in un minoritario etnico. Io ho insistito nella citazione perché non mi è facile sottrarmi alla suggestione di un'inconsapevole, spedita doppiezza, quando questa si presenta oltretutto perfetta (e di prima mano) nel ragionamento, lo stile, le dichiarazioni, le allusioni, l'adulazione raggirante, il sapiente e goduto dosaggio degli espedienti retorici e teatrali, sì da simboleggiare, e insieme parodiare, una delle parti di una disputa anche sanguinosa che ci coinvolge da almeno un secolo.

La lunga e accorta risposta del Santachiara, scritta da Cessalto nei pressi di San Donà di Piave, dove il capitano entrato definitivamente nell'amministrazione statale svolge funzione di segretario del comune, solleva altri punti della lettera liberatoria di Franziska, che stimo ancor più rivelatori del temperamento compresso e legittimamente diffidente della ragazza. Di punto in bianco lei precipita nella conclusione, avanzata più volte nelle precedenti lettere, che non sarà mai felice. La constatazione amara si collega all'episodio del *Narodni Dom* appena denunciato, indice di un accanimento contro gli sloveni il quale non potrà che essere progressivo, come pure alla persistente irresolutezza di Nino, sempre più incerto della propria salute, a impegnarsi con lei.

Ma l'ex comandante militare, capace invece di risposte certe e sia pure ampollose, viene provocato a pronunciarsi su interrogativi pretestuosi, i quali lasciano intravedere un'inquietudine più acuta e larga nell'animo della giovane: un'ansiosità svincolata anche dai problemi contingenti e dovuta a un senso d'inferiorità pressoché assoluto. Se lei – gli chiede – accettasse l'invito ripetutamente formulatole di fargli visita dapprima a Isernia in seno alla famiglia, ora a Cessalto, dove il funzionario vive da solo in impaziente attesa di essere raggiunto dalla diletta Elena e dai loro figli, davvero che la accetterebbe e non ne sarebbe invece scacciata? E poi è egli sincero quando dichiara l'opinione che ha di lei e le manifesta stima?

Sono provocazioni ingenue, che al destinatario riescono paradossali, le quali danno rilievo in primo luogo al dubbio estremo che si agita nell'intimo della ragazza slovena: è lei una persona nulla o no? E infatti per quale altra ragione la Franziska di San Daniele si affaticherebbe a scrivere lettere su lettere a quell'uomo così esigente soprattutto in fatto di forma? Perché si sottoporrebbe a una sfida altrettanto impari, se non per strappargli attenzione, ottenere apprezzamento, sentirsi smentita nel sospetto che finge di nutrire sulla sincerità del corrispondente? In definitiva per dibattere, se non per chiarire, l'ossessivo tema della propria pochezza? Ma allora non le basterebbe Nino?

No. Dal buon lombardo si aspetta di venire appagata sul piano femminile, di veder premiata la propria dedizione, coronati i meriti dei quali è più certa grazie al favore già incontrato.

Ma questo approdo non è mai sicuro perché se lo fosse, se affogasse gli altri punti irrisolti, nelle lettere al Santachiara si adopererebbe esclusivamente per ricevere sostegno in tale direzione. Invece non ne fa mai un accenno; è semmai l'ex capitano, già superiore e tuttora amico di entrambi, a indirizzarla verso la rosea prospettiva. L'interrogativo verte dunque sulla sua condizione sociale e civile che da tempo, da quando ancora si trovavano tutti e tre nel palazzo delle Ferrovie, le aveva fatto scegliere quale interlocutore, per così dire pubblico, l'impeccabile dirigente, che per lei raffigura l'esercito e lo Stato vincitori; e, più ancora, la civiltà italiana con cui, secondo i triestini, alla sua parte slava non doveva nemmeno affacciarsi l'idea di misurarsi. Con suo stesso stupore, lei al contrario ha ottenuto dal personaggio in vista immediato apprezzamento. E allora ha insistito a sondare il motivo di tale credito, fino a escludere il Nino che anche nelle recenti lettere le ha rinfacciato di averlo fatto soffrire, e non lievemente.

Ancor meno chiare, lo ripeto, mi appaiono le ragioni che inducono l'indaffaratissimo funzionario a tenere corrispondenza con la bella ventenne che non ha più sotto gli occhi, è ormai fidanzata con l'ottimo Ferrari al quale augura di arrivare presto alle nozze. La sua scrivania al municipio di Cessalto è ingombra tanto di pratiche quanto di lettere in attesa di risposta; dalla stessa Franziska ha appreso che al dottor Tognetti è morto un figlioletto: dovrà farsi vivo in qualche modo con il povero, eccellente medico. Ma intanto scrive a lei, a costo di rubare ore al sonno. E non è certo agevole per lui, rotto il duro involucro della sua prosa, interpretarne i quesiti confusi, i patetici sospetti, i reclami di parte, e confutarglieli pazientemente uno per uno. Tutto ciò che dovrebbe tediarlo e perfino offenderlo, lo sollecita a svitare la penna e offrire un bel saggio di stile, indice e via via specchio della sua chiarezza mentale, della larghezza integra e fine del suo animo.

Dei brani che ho riportato non sarà sfuggito al lettore un che di appiccicoso ed invadente, simile al senile, e Dio sa quanto innocente, appoggiarsi di un maturo professore al corpo invitante e non distratto della sua allieva. Altri frammenti non soltanto mi sembrano, ma forse anche intendono essere, più palesi.

"Le dispiace che io Le parli così e che scriva questo? Che io mi esprima con lei come farei con una mia figliuola, senza ombra di adulazione? Io spero bene che no, poiché Ella conosce quanto rispetto è in me e quanto timore di turbare la bella serenità del Suo animo buono.

"Mentre scrivo, e sono per chiudere questa lettera, a quattro chilometri di qua sento che fischia un

treno in partenza da Ceggia sulla Mestre-Portogrua-
ro – forse un treno per Trieste. E io lo piglio col pensiero, quel treno fortunato, e arrivo a Trieste e vengo
personalmente a portarLe il mio saluto... Invece, no,
sono qui al mio tavolo, nella notte alta e silenziosa."

In una delle prime passeggiate col Nino, che poi la
conduceva a prendere il gelato sulle rive, avevo attribuito alla ragazza l'affermazione che non si sarebbe
fidata di restare da sola col capitano Santachiara.
Avevo fatto bene o avevo fatto male?

Dubito di ricevere risposta dalla poca trama che
ancora ci resta e nella quale il funzionario meridionale non dovrebbe entrare. Ma la sua figura occupa
un posto di rilievo nella situazione pubblica in cui
Franziska si sta dibattendo, per cui mi vedo costretto a insistere per un altro tratto.

Mi preme cioè verificare se il buon patriota che è
Oreste Santachiara sia spinto ad abbracciare l'ala
estremista del nazionalismo italiano che si chiama
ormai fascismo (come sembra suggerire la sua adesione all'impresa dannunziana) oppure no. Dalla sua
ultima lettera del 13 settembre 1920, a due mesi
esatti dall'incendio del *Narodni Dom,* dapprima egli
sembra condannare recisamente gli eccessi metten-
dosi in una posizione più vicina al monarca sabaudo,
il quale tuttavia si arrenderà presto a Mussolini per
ripudiarlo definitivamente soltanto vent'anni dopo.
Egli infatti intrattiene amaramente la sua corrispondente su un episodio non molto rilevato dalla storio-
grafia locale e da lui appreso dalla stampa: che l'esercito, per sedare nuovi disordini scoppiati in quei

giorni a seguito di scioperi e occupazioni di fabbriche da parte degli operai di fede socialista, sia stato indotto a usare il cannone.

"Le sue parole infantilmente buone ed affettuose, pervenutemi insieme con le tristissime notizie di Trieste e come sovrapponendosi ad esse, mi lasciano nell'animo una così viva, profonda, sconsolata tristezza! Trieste! La perla dell'Adriatico, il sospiro di tutti gli Italiani, la città che abbiamo risparmiato da tutte le offese della guerra quando la legge della guerra, e le infamie del nemico nostro – che la bella città nostra possedeva ed utilizzava a nostro danno – rendevano legittima qualunque nostra opera di distruzione contro di lei, Trieste ha dovuto provare il cannone italiano dopo essersi unita alla gran Madre Italia!

"Creda pure che ho l'animo gonfio di amarezza e di lacrime. Una vittoria come la nostra, tutta luce di poesia ideale, che doveva renderci il Popolo Eletto su tutti e avvincere a noi con vincoli d'amore tenerissimi tutte le genti dell'Altra Sponda, è stata sciupata in modo così nefando, colle nostre stesse mani, per modo che tutti ormai ci insidiano il nostro più legittimo avvenire, e quelli che dovevano esserci fedeli sono in sospetto di noi, ci odiano, ci combattono!... Quanta tristezza! Quanto era più lieta e serena la vita fra il tumulto dei cannoni, delle bombe, delle azioni di guerra, quando ogni minuto poteva essere l'ultimo della nostra esistenza!..."

Sennonché lo strano uomo, di cui ho avuto ragione o torto di diffidare, emerge dalla propria geremiade, si asciuga gli occhi, e imprime una virata al discorso: "Ma no! non è possibile che si tratti soltanto di contrapposizione di due patriottismi contrari: qui c'è la delinquenza, c'è la teppa: c'è la sopravvivenza della rabbia tedesca la cui infamia non vuol morire. Il patriottismo puro, di qualunque gente, è sentimento troppo gentile per macchiarsi di tanta vergogna.

"Mi dica anche Lei che è così. Lei che non sa mentire. Mi dica anche Lei che è sul posto e può valutare meglio i fatti; mi dica anche Lei che trova legittima la difesa, sia pure cruenta, dell'Italia trascinata pei capelli a difendere il suo nome, la sua civiltà, la sua onesta fierezza, contro i ritorni delittuosi di un nemico che, se è sparito dalla carta geografica, continua a vivere la sua vita di vergogna negli strati più bassi della terra che purtroppo fu sua, e si ammanta delle vesti di un patriottismo che non è il suo per insidiar la vita del suo vincitore!"

L'Austria c'entra assai poco, se non per aver esercitato col suo austro-marxismo un particolare influsso sul partito socialista triestino; fattore di cui il Santachiara difficilmente era a conoscenza. Egli vede piuttosto profilarsi sullo sfondo delle masse incolte lo spettro di un nuovo nemico da combattere, e con ogni mezzo: lo slavismo rosso che, per le mentalità come la sua, di tale colore tingerà tutti i connazionali di Franziska per oltre mezzo secolo.

III

I medici hanno accertato che Nino Ferrari è affetto da tisi. Egli non lo rivela a nessuno, mai nomina il proprio male nel paio di lettere che ancora scriverà a Franziska, un po' per scaramanzia, molto di più per quel misterioso senso di vergogna che avvilisce tutti coloro che ne sono colpiti. Prepara intanto la ragazza cercando di smorzare la sua carica amorosa. La vede simile a un torrente di montagna, sempre precipitoso, lui invece si riconosce nel fiume che scorre placido tra gli alberi della valle verso il mare; con l'età matura, anche l'amore si placa, unendosi agli altri sentimenti che animano la vita umana; ciò avverrà anche per lei. In una lettera, non conservata, con laconicità clinica Nino dà nome alla "brutta febbre" su cui la ragazza non cessa d'interrogarlo.

Questa da tempo ha accresciuto i contatti con Rina e si è messa in rapporto epistolare con Zina. Entrambe le sorelle Ferrari l'hanno in simpatia, le inviano ogni sorta di regali che lei purtroppo non è in grado di contraccambiare se non col cuore. La Rina si trasferisce a Viareggio e Franziska chiede al fratello il suo nuovo indirizzo. Nel fornirglielo Nino le raccomanda vivamente di curare la forma della lettera, di farsi magari aiutare dalla collega Amelia, scrivendo però di suo pugno. Appare evidente che la sorella abbia espresso in famiglia qualche riserva in merito all'aspirante cognata, prendendo a pretesto l'incerta scrittura, e che il fratello ne tema un secondo giudizio.

A Franziska preme sopra ogni altra cosa rivedere l'amato, confortarlo col pieno calore del suo sentimento, assicurargli fedeltà, sacrificio, abnegazione, assisterlo oltre ogni limite. Si convince che una premessa concreta del suo perpetuo donarsi potrebbe consistere nell'offrirglisi subito in sposa.

Scrive e riscrive a Cremona senza ottenere risposta. Dà infine avviso al fidanzato di preparare la famiglia a una propria visita, semplificando al massimo il proposito e la sua realizzazione: si accontenterebbe di conoscere i suoi familiari, dormendo con la Rina o, in sua assenza, con la Zina.

Nel gennaio del '21 Nino le invia la sua più lunga lettera, per buona metà risentita, non poco rozza e perfino crudele.

"Rispondo subito alla tua lettera di oggi perché non rimangano malintesi. Non ho mai risposto alla tua domanda per ragioni che tu stessa dovevi immaginare: I) Perché non si usa che una signorina vada a dormire in casa della famiglia del fidanzato, e viceversa; II) Perché non essendo tu ancora la mia fidanzata ufficiale non hai il diritto di essere presentata alla mia famiglia. Questo si fa se se ne offre l'occasione – occasione che difficilmente si potrà presentare essendo tu a Trieste, io a Cremona. Bisogna aspettare che io guarisca e allora tutto si accomoderà. Ma voglio essere ancora più franco e scriverti anche se la mia franchezza potrà addolorarti. Nessuno al mondo giudicherà bene il nostro matrimonio. Se tu fossi mia madre, consiglieresti tu al tuo figlio di quarant'anni di sposare una ragazza di educazione, di istruzione, di razza diversa e di ventidue anni, anche se questa ragazza è buona, è brava, intelligente, figlia di brava gente, piena di volontà, di buon cuore, bella, come sei tu?

"Bisogna capire certe cose. E tu hai tanto ingegno che lo puoi capire non è vero? Dunque bisogna perdonare a coloro che cercano di raffreddare il nostro sentimento, che cercano di non spronare il nostro desiderio, o che perlomeno anziché incoraggiarlo mostrano indifferenza. Tu sei giovane – tutto ti è sembrato facile – Tu dicevi: io ti voglio bene, tu mi vuoi bene, io ti sposo, tu mi sposi, e tutto è finito. Io sono vecchio, e prevedevo invece che la cosa era molto difficile, poi la questione si è complicata con la mia malattia. Fortunatamente ho abbastanza ingegno e l'animo molto forte, e ho pensato di educarti ai sacrifici per renderti il rischio meno gravoso. Perché se tu mi sposi corri un certo rischio anche tu. Lascia stare l'amore per un momento. L'amore è l'amore, ma la vita è un'altra cosa. E io non so ancora se tu sarai felice se sposerai un ragazzo come me, anche se questo ragazzo si propone di renderti felice. La nostra relazione è molto difficile, non è un caso semplice. Tutti i casi come i nostri son finiti quasi tutti male. È chiaro perciò che molti restano freddi e possono pensare che anche il nostro finirà male. Osserva il caso di mio fratello. Tutti vedevano bene il suo matrimonio: – ha sposato una signorina della sua condizione, con un po' di soldi, ecc., ecc.: – aveva tutte le buone qualità insomma. Tutti vedevano benissimo la cosa. Perché? Perché il loro matrimonio non offendeva le consuetudini, perché il loro caso non dava a pensare a nessuno, perché era normale, abituale, la gente non aveva bisogno di lambiccarsi il cervello per giudicare se la cosa era buona o no. La gente non desidera pensare, non ama i fatti nuovi; le novità in materia di morale o di psicologia si leggono volentieri nei libri, ma si cerca di sfuggirle nella vita. La vita è così, o coccola. La vita, la maggioranza degli uomini, quelli che si chiamano benpensanti, quelli che stabiliscono l'opinione pubblica, quelli che giudicano insomma, è costituita da vigliacchi e da imbecilli. Non illuderti, la vita è così. Ma non temere. Se poi avviene che uno come me disprezza il loro modo di vedere e di pensare, e dice: cari signori, me ne infischio delle vostre opinioni e mi sposo una ragazza brava e bella che mi piace, quelli mostrano di congratularsi, ti fanno gli auguri, poi dietro le spalle dicono: 'che cretino, si è lasciato prendere da una sgualdrinella, già gli uomini quando sono innamorati non ragionano più, del resto peggio per lui, se si vuol rompere il collo se lo rompa pure. Ne vedremo delle belle'. Poi ci sono i parenti. Ti immagini tu i miei parenti, i miei cugini, alcuni sono nobili, tutti sono ricchi, tutti hanno l'automobile, tutti vanno in pelliccia, sono considerati l'aristocrazia della città! Te li figuri tu questi miei parenti quando sapranno che uno di loro, proprio io, che sono il più intelligente di tutti, che sono stato uno dei più eleganti, sposa una ragazza povera come te? La figlia di un falegname? Una ragazza che lavora per vivere, che invece di andare a ballare, a teatro, ai thè, alle serate, invece di fare la civetta o il flirt con tutti se ne va in ufficio e si guadagna la vita?

"Decisamente il Nino è diventato matto. Ma come? lui che diceva di non volersi sposare, lui che pur essendo non ricco potrebbe fare un matrimonio chic, lui proprio lui così intelligente, così istruito, così educato, va a sposare una figlia di un falegname? Si vede proprio che è diventato matto! E quando sarà sua moglie come la riceveremo quella stracciona che non avrà nemmeno un vestito ma che però è stata così furba da farsi sposare?

"Cara Francesca, la vita è così e non la possiamo cambiare! Non temere. E le donne? Le donne sono le più cattive di tutte, per loro che vivono di pettegolezzi l'essere cattive è un passatempo, è un divertimento!

"Queste cose io le so, le mie sorelle le sanno. Ora dimmi cosa faresti tu? Se tu potessi impedire a tuo padre di correre un pericolo non glielo impediresti? Così le mie sorella a me. Esse non mi hanno mai detto male di te, esse ti vogliono bene, esse te ne vorranno ancora più il giorno che diverrai una loro sorella, ma via, siamo sinceri, perdona loro, perché non hanno colpa, tutti farebbero così, è giusto, io farei come loro, io non muoverei un passo per impedire il matrimonio, ma in cuor mio mi augurerei che non avvenisse. E perché? Per quello che ti ho scritto prima, per quello che ti ho sempre detto, perché il nostro matrimonio è pericoloso, è pieno di rischi, di incertezze, perché fa chiacchierare la gente. Questa è la verità. Possibile che tu non l'abbia mai capita?

"Non temere, non piangere, abbi fiducia in me che sono il tuo amico. C'è una fortuna per te, sai qual è?

Tu non la puoi indovinare, non la potrai nemmeno credere. La fortuna è questa: io non sono innamorato né di te, né di nessuna prima di te, non ho mai perso la testa. Tu sì, perché sei innamorata di me. Tu faresti qualunque sciocchezza. Coloro che sono innamorati sono come gli arditi che vanno alla guerra carichi di bombe, di pugnali, a occhi bendati. Molte volte finiscono a ferirsi fra loro. Non è vero? [...]

"Se dunque anch'io fossi stato con gli occhi bendati, se ancora le bende mi coprissero gli occhi, cosa potrebbe avvenire? *Non potrei indirizzare la tua educazione* oppure *aprendo gli occhi di colpo potrei impaurirmi e fuggire.* Succede spesso così. Ti sei convinta?

"Se io sono preparato a sfidare la opinione pubblica, non sono però ancora in condizioni di salute da correre il rischio. E intanto per non perdere tempo devo cercare di formare la tua educazione morale. Tu non devi temere. Penso io a tutto. Se guarirò si compirà il tuo sogno, se non guarirò tu non soffrirai ugualmente perché in quel giorno tu avrai l'animo abbastanza forte per comprendere la necessità della vita.

"Non credere che io voglia prendere questa via per abbandonarti: *io non sono di coloro che tradiscono.*

"Io spero di guarire, forse entro l'anno. Se non guarirò non sposerò né te né nessun'altra perché morirò.

"Per carità non prendere paura, non faccio del sentimentalismo, voglio dire semplicemente questo: dalla mia malattia si guarisce o si muore, non ci sono vie di mezzo. Ma se guarirò tu potrai venire da me con l'animo lieto, perché allora io sarò forte per tutti e due.

"Ma intanto devi guarire anche tu, devi eliminare la parte più inutile, sebbene sembri la parte più dolce dell'amore, devi sradicare il sentimentalismo e convincerti ogni giorno che l'*amore non riempie la vita*. Il desiderio dell'amore può rendere pienamente felici, ma l'amore non sempre. Tutti coloro che si sposano giureranno che saranno felici perché sono nello stato di desiderio amoroso. Quando sono sposati, crak.

"Bisogna che io sia certo, bisogna che io faccia in modo che questo non avvenga nel caso nostro. Mi pare di essermi spiegato, non è vero?

"Tu non temere, io ti voglio bene come prima, anzi più di prima. Ora è tempo di pranzo. Non ho mai scritto così tanto. Povera coccola. Non temere, penso io a tutto. Vivi felice. Era buono il torrone?"

Non terminò la giornata senza porsi di nuovo a tavolino. Gli mordeva un po' la coscienza per essere stato forse troppo duro nella lunga lettera, specie all'inizio. Pensò di stemperarla, di riscriverla. Ma considerava pure che era stato giusto mettere le cose in chiaro, senza sottacerne una, sottolineandone le più prementi. Per cui si limitò ad addolcire la pillola riempiendo altri tre foglietti (che poi erano i moduli, con le indicazioni in tedesco, dei telegrammi in partenza dalla stazione ferroviaria di Trieste sotto l'amministrazione austriaca; portati a Cremona come piccolo trofeo o ricordo nostalgico). In fondo si sentiva parecchio soddisfatto della fatica compiuta, la stanchezza lo risollevava via via che scendeva l'oscurità del corto giorno invernale.

Quante cose non faranno quando lui sarà guarito! Porterà lei, che ancora ignora cosa sia la bellezza, nei paesi della riviera tirrenica pieni di colore, di sole, di fiori; poi andranno in montagna, si sperderanno nei boschi, ritroveranno i sentieri che conducono ai prati della valle. E riuscirà, lei, a contenere la gioia quando si troverà a Venezia, Firenze, Roma? E se scenderanno a Napoli le sembrerà di essere finita su un altro pianeta. Avranno la loro piccola casa al mare rischiarata dalla sua chioma d'oro e vivranno della soddisfazione di avercela fatta con le loro sole forze, del gusto di leggersi i pensieri negli occhi. Potranno finalmente raccogliere ciò che avevano seminato nel loro animo. Perché "le vere gioie scaturiscono da noi medesimi o dalle opere d'arte. Tutto l'universo è raccolto nell'animo nostro e chi sa leggere dentro di sé è come colui che gode di tutto un mondo, e chi sa godere le opere d'arte è felice due volte".

Se poi riusciranno a mettere al mondo un bimbo sano e robusto, ogni loro sapere lo riverseranno in lui, e nulla andrà perduto.

Come reagirebbe a una lettera del genere una donna di discreta indipendenza, di comportamento franco nei confronti dell'altro sesso comprendente il medesimo uomo da lei amato? L'ultima parte aggiunta riuscirebbe a farle dimenticare o smaltire le punte crude, umilianti, della prima? Se è sufficiente un aggettivo stonato a guastare una serata intima, una perfetta dichiarazione di amore, un'ineccepibile commemorazione, come ha fatto Franziska a saltare a piè pari le goffe similitudini, le avvilenti allusioni, a tenersi calde le promesse riparatrici? Ma non è stato più crudele quell'annuncio di probabile morte a cui legare l'intero suo destino e ascrivere a sua fortuna la circostanza ch'egli non è affatto innamorato di lei?

Al momento presente la giovane slovena, che non possiede altro che il proprio amore, non è in grado di ammantarsi di orgoglio né riconoscersi ferita nella propria dignità; e resta da vedere se tali attributi le appartengono o meno.

La corrispondenza dunque prosegue. Nell'ultima lettera scritta dal Ferrari cinque mesi dopo, in giugno, egli annuncia di averle inviato, presso il proprio fermo posta tuttora aperto alla stazione ferroviaria, una cassetta contenente quattro chilogrammi di formaggio. Acclude la bolletta e le chiavi per consentire di ritirarla, com'era avvenuto l'anno precedente con un'altra spedizione, a nome suo; avvalendosi dell'aiuto di uno dei colleghi, meglio ancora sarebbe far uscire la cassetta dalla porticina su viale Miramare o dal deposito locomotive, per evitare le noie della dogana. Suo padre dovrebbe munirsi di una carriola e portarla a casa, risparmierebbero così le dieci lire dovute al dazio.

Concreta, pratica all'estremo e rasentante la piccineria, questa lettera chiude il carteggio pervenuto in mie mani. La relazione amorosa è dunque finita? Non ancora.

IV

Ho rivisto il professor Pečenko, un po' invecchiato come io stesso sarò apparso a lui, l'ho informato del mio scoperto interesse per le vecchie lettere presentatemi. Ho manifestato il desiderio di saperne di più.

Egli mi ha messo in contatto con due fratelli di differente sesso, suppergiù miei coetanei, i quali negli anni della fanciullezza e giovinezza avevano avuto Franziska Skripac quale nurse e più propriamente "zia". Mi hanno rifornito di nuovo, originale e dunque preziosissimo materiale.

Intanto, servendomi di alcune amicizie, avevo avviato delle caute ricerche in altre direzioni per avere ulteriori notizie dei due corrispondenti della mia protagonista.

Ora mi avvio per davvero alla conclusione della vicenda entrata casualmente nella mia vita.

Nella grossa lettera di gennaio Nino Ferrari, persuaso che "il desiderio dell'amore può rendere pienamente felici, ma l'amore non sempre", faceva un'ennesima considerazione sui matrimoni falliti e, smentendo le sue convinzioni più radicate in proposito, ne attribuiva la causa all'imprevista mancanza di corrispondenza sessuale nella coppia dopo la celebrazione delle nozze (ossia a quello che lui definiva con malagrazia il "crack"). E aggiungeva: "Bisogna che io sia certo, bisogna che io faccia in modo che questo non avvenga nel caso nostro. Mi pare di essermi spiegato, non è vero?". Si è spiegato sufficientemente, confermandoci l'illibatezza fin qui imposta al loro legame.

Saranno seguite altre lettere su tale argomento, lettere che preparavano un convegno amoroso tra i due e che l'interessata probabilmente avrà distrutto. Debellata la malattia mortale, il Nino aveva voluto concedere a entrambi un incontro vero, una vacanza in piena regola e insieme una sorta di ultima prova, prima di decidersi al matrimonio. Occorreva senz'altro evitare l'ambiente esigente e pettegolo di Cremona e nel contempo predisporsi ad affrontarlo.

Verso la metà di luglio la giovane triestina prende le ferie e raggiunge l'innamorato alla spiaggia di Quercianella, a sud di Livorno, dove i Ferrari possiedono una casa al mare. Vi trascorre una ventina di giorni nella serenità più assoluta, attorniata dalle sorelle di Nino, da altri parenti e conoscenti, tutti affiatati e in gara tra loro per renderle il soggiorno piacevole.

Il fidanzato, come informa Franziska scrivendo al padre e ad altre persone di Trieste, non ha occhi che per lei; con nessuno del gruppo, neppure con le sorelle, è altrettanto buono e servizievole. La costringono a mangiare e a riposare perché metta su un po' di peso. Vanno naturalmente a prendere il bagno. Le insegnano a nuotare come si suol fare con gli inesperti pavidi: la conducono al largo in barca e, legata ai fianchi con una fune, la buttano in mare. Comincia a cavarsela abbastanza bene. Ha verificato definitivamente che il suo innamorato non dice mai bugie e ciò che promette mantiene. Ora sta bene, si può dire che è completamente guarito. Se continuerà così, in primavera si sposeranno. Ma è un segreto loro e tale deve rimanere.

Per quattro giorni niente bagni. I suoi ospiti insistono di chiamare il medico per le solite scadenze mensili. Lei si preoccupa invece del padre lasciato solo in città col caldo, privo della frescura che lei ha in sovrabbondanza; è l'unica cosa che la angustia, insieme a una crescente nostalgia di Trieste. Nino aggiunge di suo pugno alcune righe per il falegname, assicurando che a Franca tutti vogliono bene e tutti dicono che è molto bella e che ha l'aspetto di una contessina. Neanche sapesse degli antichi, fumosi sogni del Dušan sull'avvenire della figlia!

Ai primi di agosto, pur dichiarandosi riposata, serena, arcicontenta, avverte chiari sintomi di noia per una vita di continua vacanza. Trieste comincia a sfuggirle, ha l'impressione di esserne lontana da un anno. È contenta di tornare, le spiace soltanto di lasciare Nino. Il quale le regala un delizioso cagnolino bianco, battezzato Joly, e insiste perché se lo porti a casa.

Ma a Trieste, se l'era quasi scordato, regna un altro clima, diverso non soltanto da quello delle beate vacanze, ma forse unico in una città italiana. Non più nemmeno le solite ostilità, gli urti, le rimostranze. Una forza oscura avanza e terrorizza la gente, entusiasma soltanto i fascisti e li brutalizza. Agli assalti si alternano gli incendi: del quotidiano "Il lavoratore", della Camera del lavoro, dei cantieri San Marco. Seguono licenziamenti in massa. Franziska è tramortita, si stringe Joly al petto, nessuno più la difende, nessuno le reca soccorso. Si prepara al trasloco dell'ufficio nella sede del Lloyd Adriatico di fronte al palazzo delle Poste in piazza Vittorio Veneto. L'organico viene ridotto, sono stati licenziati Feran, la Urdich, l'Amalia Zorzi.

Scrive a Nino, non riceve risposta; torna a scrivergli, ancora silenzio. Gli è successo qualcosa? La sua salute ha avuto un'improvvisa ricaduta? Forse sì, ma non riesce a nascondersi un terribile presentimento che le si insinua tra le costole prima che nel cervello: quella inattesa vacanza goduta senza alcun merito da parte sua è stata l'apice di un periodo felice, oltre al quale non le è lecito aspettarsi alcun seguito. Si sta avvicinando il Natale, è da quattro mesi senza sue notizie. Non rispondono nemmeno le sorelle. Il presentimento si è trasformato in un duro pensiero che si è stabilito al centro della testa: è stata una vacanza concordata in famiglia per chiudere in bellezza un lungo, fluttuante rapporto; saldare il nessun debito che avevano con lei.

Gli invia un telegramma il 27 dicembre, compleanno di Nino e anniversario del loro primo incontro triestino, quando lui le aveva detto nel buffo tedesco di essere venuto da Gorizia per rivedere la sua amica Francesca. Nessuna risposta.

All'ultimo giorno dell'anno sulla sua scrivania giace una lettera dell'amministrazione. I colleghi tacciono e non la guardano. Lei lacera la busta e legge il proprio licenziamento. Alla vigilia del suo ventiduesimo compleanno ha la netta coscienza di aver perso proprio tutto. Dal vaporoso mondo dell'adolescenza e della giovinezza è piombata in una realtà che non è nemmeno quella degli altri, dentro la quale occorre nascondersi e perfino vergognarsi.

Scriverà altre tre brevi lettere all'amato, a intervalli di due anni e nel corso delle feste natalizie in cui anche le loro nascite si erano corrisposte, come i nomi di battesimo. Chissà come, si sono conservate le indispensabili minute, che mi consentono di penetrare nell'occasionale laboratorio di scrittura di Franziska, registrare lo sforzo di volgere in un accettabile italiano, assai migliorato col tempo, la folla d'interrogativi concreti e più astratti, di confessioni dolorose, proteste di fedeltà, suppliche sempre meno convinte, qualche insorgente e desolata recriminazione, che le sgorgano a fiotti nella lingua materna.

La matita copiativa che riempiva i fogli rigidi, gremiti di correzioni, di frasi lasciate monche o cancellate, è indice dell'affastellarsi dei pensieri e delle emozioni incanalate verso un linguaggio familiare alla coppia, non privo di alcuni calchi delle espressioni maggiormente usate da lui, quali il verbo "seminare" inteso in senso figurato. In un secondo momento avverrà la trascrizione mediata in bella copia con la penna ad asta intinta nel preferito inchiostro verde: un'operazione che, oltre a impartire ordine al contenuto, richiede una grafia del tutto diversa, è come l'abito che s'indossa per uscire e presentarsi alla gente. Seguitando nella similitudine, Franziska vestiva a casa in modo alquanto sciatto, e fuori con un decoro scrupoloso ma convenzionale.

Dopo il licenziamento, il quale coincide più o meno con la presa di potere da parte di Mussolini, la nostra ragazza ai affanna a cercarsi un lavoro. I proventi del padre sono rimasti per lei sempre un mistero e adesso lui è diventato ancor più taciturno, ostenta antipatia per il cane e una sera quando Joly se l'è svignata e non ha fatto più ritorno, Dušan ha rotto il silenzio commentando: «Già, come quell'altro, che te lo ha regalato».

Vivono della magra buonuscita delle ferrovie. Dopo varie ricerche trova un vecchio avvocato di origine dalmata, disposto ad occuparla nel proprio studio. Il cognome scopertamente slavo di costui potrebbe far pensare che la giovane ne sia venuta in contatto tramite conoscenze dell'ambiente sloveno. Invece il mantenimento a lui consentito dell'originale nome di famiglia lo indica perfettamente allineato con il corso degli eventi. È un convinto fascista e l'ha assunta per la modestia delle sue pretese, come pure per la bella presenza, la mitezza avvilita dal licenziamento e dallo scacco subìto dal promesso sposo, tutti requisiti che daranno facoltà al suo nuovo padrone di scaricare su di lei gli umori distorti di uno slavo transfuga nel momento più bollente per tale metamorfosi. Quei quattro anni di impiego sono i peggiori vissuti da Franziska; e vi si aggiunge il tormento ininterrotto per l'incomprensibile silenzio di Nino, il venir meno di ogni sua promessa, il dubbio sempre lento a filtrare nel suo animo fiducioso che si tratti ormai di un definitivo voltafaccia.

A spronarla a scrivergli è un sogno che l'ha stordita nelle poche ore in cui è riuscita ad assopirsi. Immagina infatti che sia già mattina e lei fa ogni cosa in fretta ma si accorge che non potrà raggiungere l'ufficio in orario. Vi arriva con affanno, già si aspetta di essere sgridata dall'odioso avvocato e invece al suo posto chi trova? Nino, il quale le viene incontro col suo saluto gaio: «Ciao coccolona, vedi che son tornato? Vieni che ti baci».

Tutto le appare così vivo, vero, da sentirsi nella piena e luminosa realtà, restituita al tempo in cui tali comparse, tale uso di espressioni, erano fatti consuetudinari; e si sente finalmente placata, felice. Ma seguì tosto il risveglio, con la martellante sequela di domande e di ricordi. Si sarebbe ancora sentita chiamare coccola? Ecco l'amara constatazione: un briciolo di serenità le proviene soltanto dalla perdita di coscienza nel breve sonno notturno.

"Cosa è di te non so. Il tuo silenzio è crudele, inspiegabile... ma non sempre posso giudicarti. Malgrado tutti abbiano perduto la fiducia in te... io la conservo ancora. Se dicessi a qualcuno ciò certamente mi deriderebbero, e mi chiamassero pazza; ma pure è così.

"Sarò forse veramente pazza?... non lo so... sento soltanto che la mia fede in te è senza fine. Sono dei momenti in cui il dubbio si fa strada nel mio cuore ed esso si dispera nell'angoscia terribile... però la voce della fede è sempre più forte e allora il cuore sebbene rimane triste, vince la disperazione. Tale vedi Nino è la fede che tu hai saputo seminare nell'animo mio... forti sono le sue radici... e nessun altro che tu solo le potrebbe strariparmi."

Intendeva dire "strapparmi", ma lo "straripare", quasi un lapsus, trasmette la piena di sentimenti di cui è preda.

V

Riferirò più avanti la mia interpretazione del silenzio di Nino Ferrari. Quella di Franziska, che controvertendo la propria indole non se ne assume alcun carico, è la seguente: "Che tu sei tanto, tanto ammalato di una malattia che ferisce la tua anima e che perciò ti toglie ogni volontà, ogni forza; che ti fa dimenticare tutto ciò che un tempo ti era caro, tutti i ricordi più sacri. Altrimenti perché non rispondermi? Anche con una risposta cattiva... Se tu non mi volessi bene... e conoscendo il mio cuore, la mia fede sconfinata, perché non togliermi l'ultima illusione e speranza?

"Il mio amore era per te un libro aperto... e da questo libro tu hai letto che tu eri il mio grande unico bene, hai letto la promessa che solo te avrei atteso e la fede e la certezza nel tuo affetto e nella tua lealtà."

A questo richiamo il Ferrari non può rimanere sordo. Troppo egli aveva sbandierato la propria lealtà, che lo estraeva dalla cerchia degli imbecilli e degli ipocriti del proprio ambiente: si era dichiarato uno di quelli che non tradiscono, sottolineandolo; aveva rinverdito dalla lontananza del suo tempo una mia stremata convinzione asserendo che "soltanto nella bontà sta la salvezza".

Tuttavia non risponde, neppure quando lei gli prospetta l'eventualità di piantare il lavoro, che tanto la umilia ma anche le assicura il sostentamento, per mettersi in viaggio e incontrarlo per una semplice spiegazione.

Che cos'è accaduto all'ingegner Ferrari durante e dopo la vacanza a Quercianella, conclusasi con gli apprezzamenti che conosciamo e il segreto accordo di celebrare le nozze nell'entrante primavera? L'estrema prova della reciproca intesa sessuale, da esperire nella serena e incantevole cornice della riviera livornese, era stata attuata e con quale risultato?

Personalmente dubito che essa sia stata tentata in un ambito allora popolato di congiunti e amici nel quale la forestiera era per così dire messa in vetrina; e nulla traspare da questi ultimi, risoluti scritti circa una nuova e non lieve offerta di sé, e un conseguente, accresciuto impegno a cui l'uomo sarebbe venuto meno (vedremo che il fermo rinfaccio di lei prenderà le mosse da una promessa precedente, formulata per iscritto). Se invece il test è stato effettuato, tutto lascia intendere che esso non abbia sollevato dubbi, perplessità, scontento in uno dei partners.

La verità più probabile è quella più temuta, che la ragazza intuì con il protrarsi del silenzio dell'amato e quasi in coincidenza col proprio licenziamento. Le persone semplici e sfortunate posseggono questa povera facoltà di divinazione per il semplice motivo che sono abituate ad aspettarsi sempre il peggio dalla vita, e il caso raramente le contraddice (anche perché con l'andar del tempo esse si assuefanno a tale condizione, non cercano o addirittura temono l'opposto). A renderle lieto il soggiorno contribuiva la sincera ammirazione di cui era oggetto, l'altrettanto schietta promessa di stringere i tempi delle nozze. Più davano e più si sarebbero sentiti legittimati a togliere.

Partita Franziska, non restava alcun commento da aggiungere. Tornati i Ferrari a Cremona, il clima e i problemi si erano riaffacciati identici a quelli di prima, con l'appendice che una convivenza abbastanza stretta e continuativa era stata saggiata, esperita, e nulla era mutato. Nino vide confermata la propria vocazione alla solitudine. Con essa, sempre più congeniale al suo insofferente egoismo, egli rispondeva agli insulti della vita e alla rumorosa superficialità del suo entourage provinciale. Egli era troppo fiero, troppo sicuro della propria superiorità per esporsi al commento della gente. La sua non sarebbe però stata una solitudine arida né maniacale. Si sarebbe ritirato nella casa natale divenuta tutta sua, accudito dalle due sorelle e vivendo dei concordati proventi della ditta restituita interamente al fratello forse per non incorrere in altre, possibili maldicenze. Avrebbe in parte scoperto e in parte riattizzato le due passioni destinate a riempire i suoi anni futuri: la navigazione in barca a motore (fu uno dei primi cremonesi a provvedersene) lungo il vicinissimo Po, e l'ascolto, sia pure su disco, della musica classica.

Dagli impegni assunti con Franziska egli si esentava rinunciando per sempre a qualunque matrimonio, e molto probabilmente a contatti pur occasionali con altre donne. La considerava la stella brillata su un periodo non malvagio della propria vita, ma ora conveniva spegnere anche lei, sottrarsi ai suoi richiami, non rispondere alle sue lettere, forse distruggerle senza averle aperte; altrimenti si era da capo. Nessuno, prime fra tutte le sorelle, cercava di dissuaderlo dalle scelte fatte; tanto meno interveniva a favore della bionda straniera di Trieste. Trattosi fuori dalla malattia, Nino Ferrari se ne infischiò dei medici a tal punto da divenire un accanito fumatore di pipa, in questo caso inducendo, sì, le sorelle a metter becco, e incoraggiando l'ardimento di qualche concittadino che gli affibbiò il nomignolo di "pipeta".

Ma l'industria di ceramiche subì un tracollo e lui, che già aveva goduto di una buona pensione d'invalidità, fu costretto per alcuni anni a insegnare in un istituto tecnico. Dentro la scuola si coltivò un gruppetto di allievi affezionati, i quali avevano preso ad apprezzare quel professore così insolito, così personale circa a trattamento, gusti, giudizi e allo stesso insegnamento. Tutti i pomeriggi di venerdì lui li invitava a casa, insieme a qualche vecchio amico, per ascoltare le opere soprattutto di Wagner, di cui prediligeva *Tristano e Isotta*. Se bonariamente provocato, si diffondeva sull'amore platonico, lasciando trasparire un grande amore conosciuto in giovinezza, o una cocente delusione. Teneva all'eleganza, sia che si preparasse a comparire da perfetto borghese solitario nelle vie del centro, sia che si scegliesse la tenuta sportiva per le escursioni lungo il Po. Due foto me lo mostrano in tale foggia; nella prima imberrettato e intabarrato all'inglese, nell'altra colto in giacca a vento e calzoncini corti sul natante. Specie in quest'ultima colpisce l'asciuttezza maschia, intelligente e volitiva del viso, rimarcata dalla fronte ancor più spaziosa e non più convessa da cui si ritraggono due dita di capelli corti e semicanuti, e dall'uso ormai stabile degli occhiali: la pipa stretta tra le labbra. Mi vien da pensare che ognuno di noi ha conosciuto nell'adolescenza un insegnante del suo tipo: secco, scontroso e disponibilissimo, critico muto verso il regime vigente, di una misteriosità sempre vigile e allusiva, al quale dunque meditare di ricorrere per consigli e confidenze che esulano dall'ambiente della scuola.

Franziska conosce ogni sorta di rinuncia meno quella a indirizzo egotistico, appagata dall'orgoglio e dagli hobby soddisfatti. Avevo avanzato che lei non possedesse orgoglio né forse dignità. Il secondo tentativo di mettersi in contatto col Ferrari dopo due altri lunghi e duri anni, lo conferma e lo smentisce. Una foto formato tessera, dell'aprile 1927, quando il suo tormento incessante si è incrociato con la più violenta persecuzione della propria gente, la ritrae ancora più gracile e scarnita. Si è tagliata la gran chioma bionda, i capelli quasi lisci le scendono in due bande a coprirle a malapena gli orecchi, sui lineamenti sottili del viso spicca l'incavo tra il naso e la bocca, gli occhi sono ingranditi e fissi, sulle spallucce un po' curve cade la giacca di un tailleur che sembra una casacca militare, lasciando scoperto il collo lungo e magro, privo della solita collana di perle finte. Anche il suo medico le ha diagnosticato una grave depressione psichica con generale deperimento organico. Ha inseguito con la mente anche la soluzione estrema al proprio stato, in una città in cui –

rilevano gli storici – la percentuale dei suicidi è inferiore soltanto a quella di San Francisco.

"Quale sarà il tuo sentimento quando riceverai questa mia lettera? Non già di gioia, di sola gioia come un tempo, ma forse almeno [essa sarà] accolta con un po' di affetto ed il desiderio di non lasciar più nell'angoscia la persona che non ebbe altra colpa che di aver troppo amato, di essere troppo fiduciosa.

"Penserai forse che questo mio silenzio significhi dimenticanza? No, ciò tu non potevi pensare. Era in me forte e grande il desiderio di scriverti, di supplicarti, ma mi trattenni perché troppo mi fece soffrire l'inutile attesa di una tua risposta, e anche mi vergognai di pregare.

"E ho pensato tanto, tanto durante questo tempo, silenziosamente, profondamente, non lasciando indovinare a nessuno l'angoscia che da questi pensieri derivano. E quando, sola con i miei pensieri, vedevo l'inutilità del mio bel sogno dei giorni passati, la mia fede tanto bella, e grande, ferita, allora mi sembrò d'impazzire, allora venne il desiderio di morire, di finire con questa vita che mi fa sentire tanta amarezza. Vorrei dire: chi e che mi dà la forza di vincere tale dolore?[1] È la fede che ritorna ferita, sì, ma ancor viva. Oh! Nino se tu sai che la mia fede è inutile, strappala tu dall'animo mio, tu, tu solo puoi far ciò, tu che l'hai seminata.

[1] Le ultime tre parole sono ricalcate e ingrandite dalla matita copiativa che, probabilmente a causa delle lacrime, le macchia di un colore più violetto.

"Tu sai che io non sono di quelle che non avendo più notizie dimenticano senza sapere la verità... ma io prima di metter nell'oblio tutto quello che era il mio sogno, la mia vita, voglio sapere la verità, la condanna direttamente dalla tua bocca, di quella che mi promise tutto. [...]

"Molto ho pensato e pianto, ora non piango più perché ciò è inutile, però ho deciso di vederti e di parlarti per sapere la verità, per sapere se mi ami ancora, per vedere nell'anima tua e rischiararla con il mio affetto se è buia e triste e andarmene, ed incamminarmi se è possibile su una via diversa dalla tua. Sono sempre dal cattivo avvocato. Ho sopportato con pazienza e silenzio i suoi malumori e le sue offese perché se andavo via da lui, come potevo sperare di vederti se non mi avrei guadagnato i soldi per il viaggio? Sono ancora dall'avvocato ma ora, che ho deciso di volerti vedere e parlare, dovrò licenziarmi. Conto di venire i primi del marzo. Per riguardo alla tua famiglia non verrò a Cremona ma a Mantova o Verona dove ti pregherò di aspettarmi. Sarà forse l'ultima volta che ci vedremo e perciò metto a parte ogni pregiudizio. Non temere non sono più una bambina."

VI

Franziska ha ventisette anni, quanti ne porta il secolo, suo crudele, grande, incommensurabile gemello. Nino Ferrari si avvia alla cinquantina. Chi le assicura che lui sia ancora scapolo, addirittura libero; che, già in lotta con la morte, si trovi tuttora in vita? Mai la sfiora il dubbio che le proprie lettere non incontrino risposta perché inoltrate a un destinatario non più esistente. Forse in questo caso il riguardo e la pietà muoverebbero le sorelle a informarla debitamente.

Ma si ritrova da tempo a Trieste una persona che Franziska ben conosce e a un cui scritto l'amico Ferrari non mancherebbe di rispondere. L'ex capitano Santachiara ha lasciato forzatamente Cessalto nel 1922 coronando peraltro il vecchio sogno di far ritorno nella città del cuore. Il municipio di Cessalto aveva posto il proprio segretario sotto inchiesta per aver egli venduto dei cavalli di proprietà del comune trattenendosi il denaro consistente in una somma di poco inferiore alle tremila lire. Contestatogli l'ammanco, il funzionario lo aveva subito riconosciuto e si era obbligato a saldarlo versando all'amministrazione un numero corrispondente di rate mensili da cento lire ciascuna. Si era quindi trasferito con la famiglia a Trieste, dove nello stesso anno si era iscritto al partito nazionale fascista. Dovette aver trovato occupazione presso la nuova sede dell'amministrazione ferroviaria in piazza Vittorio Veneto, poiché l'anno successivo faceva parte del direttorio dell'associazione nazionale ferrovieri fascisti.

Avendomi i suoi eloqui messo in sospetto fin dall'inizio, queste notizie non mi sorprendono; né mi sollecitano a esprimere giudizi severi sull'eccentrico personaggio. D'altro canto non mi meraviglia neppure apprendere che, nato da una coppia di maestri delle elementari in un paesino non lontano da Potenza, in gioventù il Santachiara aveva frequentato tre corsi di lingua araba presso il Regio Istituto Orientale di Napoli; che parlava correttamente il francese e l'esperanto. Nell'ultimo soggiorno triestino, protrattosi fin al '33, aveva inoltrato domanda di compiere i dovuti corsi di perfezionamento per concorrere alla nomina di podestà, riconoscendo peraltro che le proprie condizioni economiche non gli consentivano di sostenere il prestigioso incarico; aveva scritto e presentato alle redazioni del "Piccolo" e del "Popolo di Trieste" un non convenzionale articolo sul tema sempre spinoso degli alloggi popolari, salvo poi a chiedere all'autorità di farne bloccare la pubblicazione.

In forza di tutti questi dati di cui ora dispongo, credo di potermi meglio pronunciare sulla pronta, particolare e costante attenzione riservata dall'uomo compito e non poco esuberante alla nostra bella e giovane protagonista. Certo è che l'attrazione per la fresca fanciulla giocasse un ruolo preponderante, ma come essa venne trasposta e mantenuta su un piano di cavalleresca sentimentalità, non interferendo in alcun modo né nel rapporto pieno con la propria famiglia né nel legame intimo di lei col collega cremonese, così il platonico sostegno permise alle migliori componenti del meridionale di emergere ed esprimersi compiutamente. Tra queste metterei in primo piano la provenienza tanto provata e tanto responsabile da una famiglia in vista e povera di un paesino della più desolata regione d'Italia, che lo dotò di volontà ferrea e scrupolosa, senza fargli dimenticare il rispetto dovuto a ogni persona, di qualunque estrazione essa fosse. Contrariamente al Ferrari, portato a credere che è necessario comportarsi come si fosse "figli di Re", il Santachiara si sforzava di essere un suddito esemplare, non smentendo dunque la propria origine ma esponendosi a tutti gli agguati che tale peso pure comporta.

Ora è giunto il tempo per Franziska di distinguere anche tra fascisti e fascisti. Lei torna a frequentare sporadicamente la famiglia Santachiara, vi ritrova il calore e il riguardo di sempre, che adesso le provengono pure dalle due bambine fattesi signorine, dai loro fratellini nati in quel giro d'anni, uno dei quali a Trieste. Non si tratta di semplici convenevoli. La signora Elena e il dottor Oreste conoscono il suo dolore e le mostrano solidarietà. La secondogenita, che seguirà la famiglia nel trasloco definitivo a Napoli, rifugio prestigioso e domestico per gran parte dei meridionali, la ricorderà con una cartolina di auguri ad ogni Natale, anche in anni recenti, informandola della graduale perdita dei congiunti.

Il Santachiara dunque figura sicuramente tra le persone che, secondo quanto Franziska aveva comunicato a Nino, avevano condannato la sua defezione. Forse sono stato troppo precipitoso nell'affermare che il commilitone Ferrari, chiuso al mondo che non includesse un piccolo quartiere e un gruppetto di amici di Cremona, avrebbe risposto a uno scritto dell'ex capitano. Ma questi, rispetto alla sua protetta, disponeva di una buona riserva di mezzi e di conoscenze per appurare se un compagno d'armi si mantenesse in vita e quale fosse il suo attuale stato anagrafico.

In attesa di ricevere istruzioni circa il viaggio prospettato, lei non si è mossa da Trieste ma si è licenziata dall'avvocato. Rimane senza lavoro per circa un anno, durante il quale le muore il padre. La triste circostanza, che la lascia sola al mondo, non le fornisce il pretesto di riscrivere al Ferrari.

Lo farà a ventinove anni per prenderne anche lei definitivo congedo e trarre un bilancio della propria vita giovanile, volata e infine trascinatasi all'ombra di lui.

È una donna lievemente mutata, fornita di un po' di unghia, quella che fa capolino da queste ultime righe. Ha conosciuto un nuovo avvocato, suo connazionale, il quale avrà una parte di risalto nell'organizzazione politica degli sloveni cattolici in tempo di pace e di democrazia. Ora, in pieno regime fascista, nessuno di loro è sfuggito a una delle tante sanzioni varate dal governo contro gli "allogeni" e poste in atto dalla vigilante autorità locale, secondata dallo zelo dei privati. E tuttavia si è messo in moto un embrione di attività cospirativa, a cui Franziska non coopera ancora, perché il suo pensiero si associa a quello della maggioranza dei suoi, i quali fin dai giorni della conclamata "redenzione" di Trieste hanno iniziato e ora stanno ingrossando il flusso clandestino verso l'Est, dove il clima del passato imperiale non si è ancora dissolto e dove era riparato anche il poeta Srečko di Tomadio, finendo di vivere a ventidue anni.

Sono i due compleanni vicini di fine d'anno a ridestare un fioco scampanellio nella mente della donna; soprattutto l'irruzione di lui nell'ufficio sanitario la sera del proprio compleanno con la citata frase in tedesco. Franziska la trascrive con tutte le sue sconnessioni, gli strafalcioni di pronuncia. Com'è carezzevole rimarcare gli errori di un maestro amato, di cui si è rimasti allievi tuttora incerti... Da allora sono trascorsi undici anni.

"Rivivo in questi giorni quelle parole con tutta l'intensità del ricordo che io ho cercato di soffocarlo. Preoccupazioni, sciagure, dolori familiari, tutto ha contribuito ad aiutare il mio desiderio di voler, di dover dimenticare. Mi sono rassegnata... dimenticare non ho potuto. Non solo te, non solo il tuo amore ho perduto con te, ma bensì la miglior parte di me stessa, dei miei sentimenti. Se ne è andata l'illusione, la fede nel bello, nel buono, nel leale. In te vedevo concentrate tutte queste cose.

"Dov'è la casetta con dentro il compagno ideale? Il tesoro del bimbo mio? Rimpiango la casetta, il compagno. Ricordi i bei sogni della casetta vicino al mare, del bimbo che sarebbe tutto mio? Cosa ti ho fatto di avermi tolto così crudelmente la mia gioia di diventare un giorno moglie e madre felice? Perché,

perché ti sei messo sul mio cammino, perché ti sei frapposto nei miei sogni semplici?

"Malgrado il disprezzo che il tuo contegno ha, so che ti amo ancora perché più nessuno ho potuto amare, eppure so che se anche tu ritornassi da me io non accetterei mai più di divenire tua moglie. Questa certezza è che rende il mio intimo dolore meno amaro.

"Il mio desiderio, il mio sogno unico ora, è quello di poter lasciare un giorno questo paese che amo tanto, ma che con la redenzione, come ai miei connazionali, portò anche a me tante amarezze. Le difficoltà sono grandi, lo so, ma meglio sperare che saranno sormontabili."

Epilogo

La donna respinta dal fidanzato, ignorata, si staccherà da Trieste soltanto quattordici anni dopo la propria ultima lettera a lui, nell'infuriare di una nuova guerra che ha proiettato le truppe italiane fino a Lubiana. Come tanti sfollati del suo gruppo, è risalita sul Carso per raggiungere San Daniele.

Presidiato dai soldati in grigioverde, il borgo le appare ancora più rinserrato in se stesso, arcigno, diffidente. Lei ha ripreso possesso della propria casa rimasta deserta, il laboratorio del padre al pianoterra è stato chiuso con assi incrociate, forse per bloccare l'accesso agli animali randagi o perché non divenisse covo di qualche vagabondo più sfortunato degli altri.

Franziska non è sola, anche in questo breve viaggio l'hanno accompagnata i due figlioletti dell'avvocato Presel preoccupato dai bombardamenti aerei che l'anno prima, nel giugno '42, hanno devastato diverse parti della città e in seguito ai quali l'allarme non ha cessato di richiamare la cittadinanza, anche più volte durante il giorno, anche nel cuore della notte, nelle gallerie che fungono da rifugio antiaereo.

L'allegria dei bambini, sugli otto-nove anni, la loro impazienza di prendere confidenza col paese, impedisce alla tutrice di abbandonarsi al flusso dei ricordi lontani, alla percezione di impulsi e umori dimenticati, da cui trarre un senso del suo inatteso ritorno alla casa natale. Nel riassettare i tre vani resi uguali dall'indifferente trascorrere del tempo, lei avverte a intermittenze che quell'ambiente di *prima* lascia inesorabilmente fuori quanto è avvenuto e si è moltiplicato nel primo pulsare della giovinezza, coinciso col trasferimento in città. Ne è incredula, ne è insperabilmente sollevata, ma si sente anche in lotta con se stessa perché il crudo taglio, l'estesa sottrazione non si attui.

Una gaia voce di donna sale dalla tromba delle scale, Franziska le si fa incontro, i due bimbi stretti e ammutoliti ai suoi fianchi. È una giovane grassoccia che con respiro appesantito dal trasporto di una secchia colma d'acqua si annuncia quale vicina di casa. «Sono la moglie di Armando, nipote della Majda. Forse ricorderete...»

Ha parlato nello sloveno del luogo, Franziska le sta sorridendo. «Sì, ricordo sua nonna. Lui è sotto le armi?»

«No. È tornato dall'Albania ferito a una gamba. E non lo hanno più richiamato. Ora sta falciando il fieno. Oh,» ha proseguito entrando in cucina «vi abbiamo tenuto di conto la casa, come si è potuto. Il lavoro da noi non manca. Vi aiuterò nelle pulizie.»

«Grazie» la ricambiò Franziska. «Come vedete ho già i miei due lavoranti.» Subito la piccola Vida le si scostò per offrirsi in aiuto alla sconosciuta che immergeva nell'acqua uno strofinaccio, mentre suo fratello Ucio soccorreva la "zia" nel rimuovere la vecchia mobilia più leggera.

Spolverando e sfregando, le due donne si scambiavano informazioni sui comuni conoscenti da stanza a stanza. Al vecchio parroco, morto novantenne, era subentrato un giovane della periferia di Gorizia. Nella scuola insegnavano in italiano due maestre friulane, una delle quali se l'intendeva col comandante militare. Poche delle compagne d'infanzia vivevano nel paese: alcune si erano trasferite con la famiglia oltre il confine, però adesso si trovavano anch'esse nel medesimo Stato. I giovani erano in guerra ma parecchi – la voce della vicina si era abbassata – "collaborano con i nostri".

Su tale dato Franziska voleva saperne di più, e incaricò i ragazzetti di ammassare le vecchie scarpe nello stanzino già occupato da suo padre.

«Anche gli anziani lavorano per il Fronte, portano i viveri ai compagni» sussurrò la giovane. «Ognuno gli si dà qualcosa. Agli italiani diciamo che è per i nostri taglialegna e loro non fanno tanta osservazione.»

Un intimo nervosismo si era impadronito di Franziska nell'apprendere tali cose, che là, in campagna, venivano esposte con poca circospezione. Nella casa dell'avvocato Presel, benché fuori dal centro cittadino, l'emissario dell'organizzazione clandestina veniva accolto come un cliente e introdotto subito nello studio oscurato dalle persiane abbassate, lei e la signora a vigilare alla porta da cui l'uomo poi usciva con un freddo saluto dopo che si era data un'occhiata al pianerottolo e alle scale. Le mani le tremavano come adesso, un'inquietudine impastoiava i suoi passi, il cuore era tutto una vampa: in preda a soddisfazione, sgomento, a un'affliggente, invincibile contrarietà. L'intero passato con Nino, la ragione del loro legame, la tenue speranza che esso potesse all'improvviso riprendere, si opponevano alla sua scelta altrettanto imperativa, necessaria, improrogabile.

La casetta natale fu in breve restituita al suo povero decoro, l'estate chiamava alle passeggiate, al contatto con la natura su cui il Presel, non lesinando il denaro, aveva insistito con l'assistente per lo svago e la salute dei propri bimbi mai prima usciti di città.

Franziska venne sulle prime scambiata per una madre non più giovane a cui la prospettiva di trascorrere le vacanze coi figlioletti era lievemente offuscata dalla lontananza del coniuge. I paesani che non la conoscevano, i soldati assiepati alla porta del borgo, le rivolgevano un saluto impacciato che terminava con una sospensione confidenziale e perfino maliziosa. Poi la figura composta, allungata e scarnita dall'abito scuro e accollato, la sobria acconciatura della lunga treccia tornata ad annodarsi sul capo, il sorriso cortese ma invariato, lo sguardo assorto, inducevano a supporre uno stato vedovile e via via un rapporto meno stretto – di cui palesemente soffriva – tra lei stessa e i marmocchi che dovunque l'accompagnavano.

La piccina, elegante, infiocchettata, reggeva sul braccio un cestino di vimini; il ragazzo in calzoni corti con bretelle di cuoio procedeva armato di un lungo bastone dalla punta triforcuta. La zia aveva il suo bel daffare per trattenerli in un prato a bearsi, come a lei accadeva, del profumo dell'erba e dei colori dei fiori; a percorrere una stradina senza avvicinarsi troppo ai muretti a secco che la fiancheggiavano. Benché nuovi all'ambiente e alle sue continue sorprese, entrambi sembravano accordati nel pretendere un di più che metteva allo scoperto il loro istinto aggressivo. Vida ambiva a catturare farfalle per porle nel cestino, Ucio percuoteva col bastone gli ammassi di pietre intimando alle bisce e alle vipere di venir fuori. Lei riusciva a sviarli conducendoli alle piante di giuggiole e di corniole, ai meli e ai prugni selvatici che riscopriva sicura come per incanto in quella dolina, su quel declivio, e lasciandoli far man bassa delle bacche mature, saporosissime.

Nonostante la pericolosità del luogo, li portava a iniziare la passeggiata nei pressi della stazione ferroviaria, dove qualche pilastro di cemento, un palo di ferro, un rettangolo d'impiantito invaso dall'erba, testimoniavano la breve esistenza dell'ospedale da campo, nel quale lei adolescente si era scoperta giovane donna. Mai come adesso si era rammaricata, fino a farsene un torto, di non aver trattenuto nella mente la netta, completa figura di Nino allorché egli era entrato in diretto contatto e poi in urto con lei. E invece colui ch'essa aveva considerato solamente un graduato italiano, si era appropriato della sua immagine, le aveva tenuto fede, si era messo sulle sue tracce. Assurdamente, più ci pensava e più trovava ragioni di credere che se il loro approccio si fosse tradotto in un embrione d'intesa, in un primo abbozzo di reciproca promessa, nei propri luoghi, ai piedi della sua casa, il loro rapporto avrebbe avuto un esito diverso...

Si rendeva presto conto della propria irragionevolezza e tuttavia non ometteva, quando una circostanza la istigava, di aggiungere nuovi elementi alla martellante indagine sul perché del crudele abbandono.

Un giorno di fine agosto si preparò a una solitaria escursione, troppo lunga, faticosa e non priva di rischi per estenderla ai ragazzi. Li affidò alla vicina che col suo Armando, molto somigliante alla nonna Majda, stava preparando la cantina alla prossima vendemmia.

Uscita dalla porta, anziché svoltare a sinistra verso la stazione, affrontò la strada maestra che scendeva quasi a precipizio nella valle del Branica. Vi transitava qualche camion militare che la incrociava rombando e poi ogni suo rumore veniva coperto dalla salva di esclamazioni eccitate, richiami, commenti, indirizzati alla donna non vecchia e sola sul ciglio di una strada. Non si girò mai a sbirciare dentro quel telone gonfiato dal vento, incredula e quasi divertita dell'attenzione mal rivolta. Da quanto tempo durava questa presunta interdipendenza tra militari e donne sole? Da una guerra si era passati a un'altra, niente cambiava, gli anni sembravano essersi accatastati soltanto per lei.

Costeggiò il corso del torrente com'era avvenuto con la zia Mila. Ne sentì perdutamente la mancanza, due lacrime le scesero a compianto dell'unica persona che l'avesse amata e accettata fino in fondo. E si trovò tra le case di Riffenberg. Un biancore la richiamava al verde carico, già esausto, dello stesso costone boschivo dal quale era scesa. Ma perché il castello si era allontanato dal borgo, come attirato a sé dalla natura? Così lunga e tortuosa era la stradina che dal massiccio portone la conduceva al villaggio in un paio di minuti?

Vi si diresse controvoglia osservando di aver già raggiunto la meta dell'escursione e di essere avviata verso il ritorno a casa.

La dimora della signora Gelda era interamente deserta. Man mano vi si avvicinava, le mura del castello le riuscivano di un grigiore vecchio, spento. Assorbito dalla distesa delle querciole, dei cespugli, di taluni abeti stenti, esso sembrava isolato, privo di comunicazione col resto del mondo. Sopravviveva soltanto la compattezza della costruzione quasi militare. Le imposte in parte scomparse e in parte cascanti, una breccia nel bastione che formava lo studio semicircolare della baronessa, il castello non dava l'impressione di essere stato abitato, e da una donna gentile e indifesa. Di vivo, di riattivabile, restava unicamente lo spiazzo antistante il portone d'entrata, col suo muretto di protezione e lo strato di ghiaino resistenti all'invasione selvatica. Era là che si erano salutate per sempre. Ma l'immagine della signora Gelda, oggi ultracentenaria e perciò sicuramente morta da tempo, le appariva sfocata, entrata a far parte delle cose passate insieme al suo stesso lutto che disponeva l'allieva invecchiata a un dolce sorriso di compatimento. Lei aveva innalzato un altare al proprio amore perduto, sì, ma certo, compiuto, celebrato con tutti i riti e tutti i crismi, e se lo era custodito con ostentata legittimità.

Le ritornò il pronostico pronunciato da Gelda nel giorno che preludeva alla guerra: "Presto toccherà ad altre giovani donne", e si trovò esclusa anche da quel presagio cupo che per lei sarebbe stato piuttosto augurabile.

Il sentiero per San Daniele, intralciato dall'erba e dai cespugli, si delineava tra le piante distanziate alla loro base ma spesso congiunte nelle chiome. S'inerpicò godendone la frescura. Via via che avanzava verso il crinale l'umidità veniva meno, gli alberi si diradavano, al colore tetro della foresta subentravano tinte vivaci, tendenti al rosso e al giallo. Presto si trovò tra due ininterrotte spalliere di scotano, mentre nel viottolo rispuntava il sasso.

Quante volte nella fanciullezza aveva teso le mani verso quelle foglie vermiglie, immaginandole di pianta fruttifera, non diverse da quelle del pero, del melo, del sorbo coi suoi grappoli dorati... Poi, non trovando altro che ciuffi come di lana tra i rami, si era figurata che le foglie stesse maturate dal sole fossero dei frutti. Era invece tutto ciò che l'arido Carso era in grado di offrire dopo il culmine della stagione estiva, ma così copioso e vario, così incantevole, da sopperire alla sterilità della distesa brulla e trasformarla in un simbolico frutteto di regioni ben più meridionali.

Franziska non si trattenne dal chinarsi su un cespuglio e strappare un paio di rami particolarmente carichi di foglie larghe, distese, e porseli nel cavo del braccio. Non avevano neanche odore, oltre a quell'asprigno gommoso comune a tutta la pianta; erano belle e basta, pura apparenza infruttuosa, come quasi la totalità del Carso, come il proprio amore esaltato e vano. E parimenti rifiorivano, dopo le nebbie e le gelate, di anno in anno.

Un fischiettare sommesso, incerto, tipico di persona che intende segnalare la propria presenza per non incutere spavento, la richiamò alla sua sinistra. Un viso d'uomo, resosi scoperto dalla trama del fogliame, la stava osservando con benevolenza un po' ironica. Per prevenire l'agitazione si presentò: «Sono il figlio della Kate, signorina Franziska».

Lei ostentò un sorriso fermo, sicuro, e si precipitò a rassicurare: «Kate, qualcosa mi ritorna di vostra madre. Non ho conosciuto però il padre...» e, prima che il giovanotto replicasse, fu colta da un che di sgradevole, che sconfinava nel rancore e nell'invidia.

La Kate era la compagna zoppa, un po' più adulta, che malignamente aveva smontato il suo battesimo e la stessa nascita. E anche lei, perfino lei, era riuscita a farsi sposare, a mettere al mondo un figlio sano e robusto: un bel ragazzo sulla trentina, come andava verificando.

«La mamma è morta poco prima della guerra, il papà si è risposato. Ma io sono rimasto amico di Armando, il vostro vicino. Vi avrà parlato di me, di noi...»

Lei confermò senza convinzione, evasivamente.

«Facciamo parte del Fronte» annunciò il giovane. «Abbiamo formato la nostra compagnia dopo la caduta di Mussolini. Siamo in contatto anche con l'avvocato Presel. Entreremo presto in azione» comunicò con vanto e insieme con minaccia.

Franziska non sapeva se rallegrarsi o condolersi che anche San Daniele avesse finito per possedere la sua unità militare, sia pure clandestina, in opposizione a quella degli occupatori. Nutriva ormai una radicata avversione per tutto ciò che sapeva di militare, ma le pareva inevitabile che anche i villaggi si armassero perché dalla fine della prima guerra il territorio non aveva conosciuto tregua e lei stessa continuava a vivere in quel clima di tensione, non come Nino per il quale la guerra era stata una parentesi aspra ma finita per sempre, tanto da ricacciare da sé quanto si prestasse a suscitargliela.

«Non avete paura?» fu quanto riuscì ad esprimere.

Il partigiano uscì dal folto, comparve per intero sul viottolo. Indossava una camicia a scacchi stretta in vita da una cartucciera, da cui sporgeva una pistola, e pantaloni di velluto infilati negli stivali. Si rivelò più alto di quanto appariva tra la ramaglia e mostrò un sorriso franco, oltremodo sano e affabile sui denti forti.

«Mi chiamo Boris» confidò stendendo la mano.

Presero a procedere di conserva verso il crinale sempre più luminoso.

«Abbiamo parlato di voi» disse con qualche esitazione.

«Parlato con chi?» domandò lei senza voltarsi.

«Con l'Armando e gli altri compagni. Il vostro andare e tornare dalla città può tornarci utile.»

«Sono in vacanza, e non per mio svago» si sottrasse lei. «Non mi muoverò fino alla riapertura delle scuole.»

«Potrebbe essere l'avvocato a richiamarvi per un incarico» insinuò il Boris.

Franziska avvertì un'intrusione troppo confidenziale nelle proprie faccende, non però spiacevole. Reagì: «Se mi chiama lui non posso che ubbidire. È lui a darmi da vivere».

Il suo interlocutore parve contrariato. Si era fermato e la guardava scuotendo leggermente il capo. I suoi occhi dilatati riflettevano quella verzura in fermento che il tramonto rendeva quasi trasparente. Franziska fu colta da un brivido; dopo Nino mai aveva avuto un uomo altrettanto vicino in luogo appartato, senza possibilità di scampo. Interruppe la sosta, accelerò il passo.

Il giovanotto di capigliatura rossastra, molto abbronzato, le efelidi pure evidenziate, ricalcava le sue orme. Pareva essersi svagato, non aver afferrato il suo attimo di turbamento. «Perdonate la mia mania di voler impiegare tutto nella lotta» diceva con tono riflessivo, quasi a se stesso. «Ma abbiamo davvero bisogno di tutto e di tutti. Duri giorni ci attendono, ma non possiamo lasciarli sfuggire. Io penso a ciò che si potrà, che si dovrà finalmente fare anche al di fuori della lotta armata, sul piano privato e su quello pubblico. Intendo dire le scuole, innanzitutto. Voi mi sembrate una maestra nata.»

Da tanto, da decenni, Franziska non aveva ricevuto carezza più tenera. Aspettò il compagno di passeggiata sul ciglio della salita e gli disse con gaia prontezza: «Boris, voi siete un uomo decisamente pericoloso, così tanto sapete lusingare le persone». Gli allungò lei la mano concludendo a mo' di saluto: «Disponete pure di me, ma senza che i miei marmocchi abbiano a correre il minimo rischio».

«Grazie, compagna maestra» si congedò lui.

Lanciò alle sue spalle un secco fischio che la deluse, che un poco la urtò. Ma prima d'immettersi nella strada per Comeno capì. Due vecchi accucciati a terra, che davano l'aria di attendere al pascolo di una mandria, si levarono in piedi portando due dita alla falda del cappello.

Tutto il settore alto del borgo era a conoscenza che la Skripac – tornò a contare il suo cognome – oltre ad accudire ai bambini del Presel, portandoli a zonzo un po' dovunque, disinvoltamente impartiva loro lezioni di lingua slovena. Dalle finestre spalancate si espandevano sulla strada le letture stente da lei rilanciate, le correzioni insistite, i balbettamenti del bimbo meno disposto ad applicarsi. L'abitudine di riaggiustare il loro parlato la spingeva a intervenire anche durante le attraversate del paese. Si irritava con se stessa per non continuare a prendersela con l'arbitraria asprezza dei tempi. Quei ragazzi nemmeno erano a conoscenza che fosse loro diritto studiare nella lingua materna per perfezionarla, che fino a due decenni prima avessero operato anche scuole slovene. Alle elementari comuni a tutti finivano per essere i più penalizzati perché a casa si esprimevano nella lingua proibita. Ora lei, emula della Gelda, istruttrice inversa di Nino Ferrari, era costretta a emendare sia le domestiche espressioni dialettali, sia gli idiotismi italiani assorbiti fuori e nella scuola.

Alle passeggiate nei dintorni di San Daniele si aggregavano altri ragazzi rimasti inoperosi durante la lunga vacanza estiva, dei quali le madri si liberavano volentieri purché si unissero ai due piccoli cittadini anche nel corso delle lezioni. La figlioccia dell'imperatore era pertanto pervenuta al suo ultimo titolo, quello di maestra.

L'autorità militare chiudeva un occhio, non essendo inasprita dalla passione nazionalistica né sollecitata a far rispettare le disposizioni governative dai soliti informatori che in quella zona del Carso mancavano. Anche il nuovo parroco insegnava la dottrina ai comunicandi nella lingua che gli veniva più spontanea. Conosceva bene il papà di Vida e di Ucio, che alle ultime elezioni si era candidato senza fortuna nella lista dei cristiano-sociali per un Parlamento durato del resto assai poco. Voleva anche loro a dottrina e la tutrice non esitò ad accompagnarli, assistendo alla lezione da uno degli ultimi banchi. Nella fresca penombra della chiesa il tempo sembrava essersi fermato, lasciato fuori con i suoi clamori e i suoi rivolgimenti; sulle vocine cantilenanti dei piccoli si sovrapponevano a pause discordate il transito di un carro, il muggito di un bue, lo starnazzare delle galline, il dialogo occasionale di alcuni passanti.

Nella sua lunga desolazione, irta di ribellioni, di interrogativi, di appelli, Franziska si era rivolta col pensiero a quasi tutti i conoscenti e perfino a quanti le simboleggiavano le diverse istituzioni pubbliche. Mai era ricorsa alla divinità a cui si raccomandava la maggior parte dei bisognosi e degli infelici; da un lato perché la propria fede non aveva mai posseduto ali per spaziare sopra il mondo materiale, dall'altro per un senso d'indegnità, e di gelosia insieme, che avvolgeva il suo segreto. Aveva spesso accompagnato la famiglia Presel alla messa domenicale, nella chiesa parrocchiale di Roiano, equidistante dalla propria abitazione e dalla loro che sorgeva sulla balza di Gretta, ma unicamente per non tradire l'ulteriore affinità e fiducia che le accordavano. Rigida, molestamente impacciata nei momenti di maggiore intensità religiosa, si lasciava trasportare dagli intermezzi dell'organo, dall'inno intonato dal coro al quale si associavano i fedeli per far risaltare la loro forza d'insieme.

Nella chiesa del proprio paese, destata dal chiacchiericcio ora gaio ora brusco, il suo sguardo cadeva sulle immagini sacre, mute nelle loro nicchie e quasi tutte atteggiate a dolore e a pietà. Non sempre rimbalzava chiara, né premeva tanto conoscere, la ragione di quei patimenti individuali, i cui segni perduravano da anni, da secoli, sui loro stessi strazi, per significare che vivere in questo mondo non produceva che dolore. Lei era pervenuta a quello stadio, ma se ne rendeva conto, insorgeva e si ricomponeva, e ciò voleva dire che non ne era ancora paralizzata, che non tutto si era compiuto ma le rimanevano anni da vivere, uno spazio di tempo incalcolabile e non ipotecato, il quale le avrebbe se non altro concesso di ridurre la pena, accrescere l'oblio.

Però man mano trascorrevano i quarti d'ora scanditi dall'orologio esterno, il tarlo rispuntava dentro di lei e, nella pace dell'interminabile pomeriggio estivo, in quel dilatato e sospeso pulviscolo d'oro, Franziska cercava conforto, recupero, mediante un ragionamento assurdo. Aveva quarantatré anni, Nino doveva aver superato i sessanta, età nella quale o ci si chiude definitivamente nel proprio guscio ammorbidito dalle abitudini, oppure si ha il coraggio di romperlo per uscir fuori a cercare la sola persona capace di assicurare una compagnia quieta.

Quella sera stessa ebbe la visita di Armando che le chiese il permesso d'introdurre il suo amico Boris. Franziska s'immobilizzò a riflettere, poi gli accennò di attendere. Condusse i bambini a letto. Dormiva con loro nel grande letto matrimoniale in cui era nata e che successivamente aveva occupato con la zia Mila. Li ricoprì soltanto col lenzuolo, di cui il bimbetto si liberò subito, dimostrativamente. Per avviarli a un sonno placido inventò che lo zio Armando era venuto ad annunciare che l'indomani ci sarebbe stata la vendemmia. Ritornò in cucina e disse al vicino di far salire il compagno.

Questi si affacciò alla cucina, aveva un'aria mortificata. Si capiva che entrambi i giovanotti avevano qualcosa d'urgente da comunicarle ma esitavano a farlo. La padrona di casa li invitò a sedere, chiuse la porticina perché le voci giungessero smorzate ai piccoli qualora fossero ancora svegli.

«Che cosa è accaduto?» chiese all'uno e all'altro.

Fu Armando a proferire con misura: «Hanno fatto saltare un camion militare».

«Chi lo ha fatto?» le uscì detto tra i denti, ricolma soltanto di sdegno.

Seguì un silenzio, quindi Boris rispose freddo: «I compagni».

Lei si ripetè livida: «I compagni di chi?».

Il partigiano sollevò le spalle, logico a suo modo: «Miei, suoi, di tutti noi....».

Ma Franziska negò recisamente anche col capo: «Miei, no. Che cosa avevano commesso quei poveretti?».

Boris non si perse d'animo. «Siamo in lotta. Prima o poi doveva accadere. E non è che l'inizio. Il comando ci ha trasmesso l'ordine di entrare in azione. Pare che in Italia le cose stiano precipitando.»

La notizia la tramortì, sconvolgendo il suo ordine mentale, tanto più che il nesso subito cresciutole nella mente le si rivelò fallace, anacronistico, privo di fondamento. Eppure si ostinava a tenerlo in vita e intanto spingeva il pensiero al camion di soldati chiassosi, sguaiati, che una bomba aveva forse dilaniato. Essi non erano le odiose camicie nere, né gli inflessibili carabinieri, né i diffidenti finanzieri, bensì ragazzi strappati alle famiglie e mandati allo sbaraglio, come Nino e la sua squadra. Ecco che la correlazione resisteva, si riproponeva.

«Che cosa di nuovo starebbe accadendo in Italia?» chiese fingendo pura curiosità e mantenendosi offesa.

Boris si era acceso una sigaretta, cercava dove posare la cenere, lei gli allungò il coperchio di un barattolo di conserve.

«Pare che l'esercito sia stanco di guerra. O che il governo e il re cerchino altre intese.»

Si mostrò ancora indifferente nonostante che dentro si sentisse in progressivo fremito, ben ricordando il pensiero politico di Nino e quel suo monito di comportarsi come si fosse figli di re.

«Ma qui c'è stata una strage!» protestò. «Quanti morti?»

«Parecchi» intervenne Armando. «E stanno giungendo nuovi reparti da tutti i centri vicini, hanno iniziato il rastrellamento.»

«Certo che qualcuno la pagherà cara» scandì Franziska.

«È anche per questo che siamo qui» disse Armando sostenendone lo sguardo. «Lui è senza un rifugio. Non può uscire su una strada.»

«E portalo da te, no!» quasi gli intimò Franziska.

«Sarà la prima casa a essere perquisita» sostenne il vicino.

«Mi arrangerò, Armando» interloquì l'amico.

«No, tu non devi farti più vedere in strada, almeno per questa notte» lo contrastò Armando.

«Sicché voi pretendereste...» si rese conto la loro ospite.

«Zia Franziska, siate buona, cercate di capire» la supplicò il figlio di Majda. «Voi siete in vacanza coi bambini, non date nell'occhio, e se anche venissero non avreste nulla da temere.»

Franziska si levò in piedi per dare perentorietà al suo rifiuto. «È proprio per loro che non acconsentirei mai. Mi sono stati affidati e devo proteggerli più delle mie pupille.»

Armando non mollava. «Ci accontentiamo del vano di sotto, il laboratorio di vostro padre.»

Quel termine, laboratorio, aprì una breccia nei suoi ricordi più lontani. Rivide il padre spuntare in cucina sollevando il pavimento, ergersi in tutta la persona sull'ultimo piolo della scala e richiudere la magica botola, ricucendo il tavolato. Era una sequenza come vista in sogno poiché papà Dušan aveva presto rinunciato al passaggio privato col sopravanzare della pigrizia e l'irrobustirsi del corpo; saliva a mangiare e a riposarsi per la porta e le scale comuni.

Calò lo sguardo sull'angolo tra la parete e la *sparherd* e, pur mascherato da un tappettino di stuoia, le si delineò il quadrato dell'apertura in disuso. Per meglio celarlo disse: «La porta l'ho trovata chiusa con assi. Tua moglie mi ha lasciato capire che sei stato tu a farlo. Il locale è dunque vostro».

«No!» si oppose Armando. «L'ho chiuso alla meglio per conservarvelo.»

«E come fareste ed entrarvi? Non c'è una serratura, e anche se ci fosse non si ritroverebbe la chiave.»

«È un cancello fatto alla buona, sì, ma con tanto di lucchetto. La chiavetta la tengo io, perdonatemi di non avervi avvertita.»

A Franziska non restava che arrendersi, anche per

mitigare la propria opposizione. «Se è così, fate pure. Risponderete però di persona.»

Armando sorridendo fece intendere di non aver ottenuto tutto. E indicò il nascondiglio semicelato. Cincischiò con calcolata astuzia: «Vedete, Boris non può uscire né tanto meno fare strepito di notte per trovarsi una tana. A quest'ora il paese può essere circondato».

Franziska si irritò. «E tu che fai qui? Perché non fili a casa?»

«Vado, vado» si affrettò il vicino e aprì la porta, infilò le scale senza che il suo compagno si muovesse dalla sedia.

Quando udì la porta chiudersi sulla strada, la padrona di casa non trattenne uno scatto di autentica rabbia. «Mi avete ben che raggirata, non c'è che dire. Tutto preordinato e ottenuto fino in fondo.»

Boris levò il volto dal tavolo. Due solchi incidevano le sue guance ricoperte di una barba non voluta, a chiazze rossicce. «Vi do tanto disturbo?» chiese fissandone lo sguardo. «Vi credevo diversa.»

«Ma non è per me!» si ribellò lei. «Che volete che m'importi di me?! Sono preoccupata per i bambini e non soltanto perché devo risponderne io, ma perché sono bambini, da tener lontani da ogni pericolo e prepotenza.»

«Approvo senz'altro. Ma che volete che possa loro accadere? Nel caso peggiore vengo preso per il loro papà e, se proprio lo vogliono, mi portano via e i ragazzi non hanno da penare perché il loro padre li attende in città.»

Di quel fosco quadro ipotizzato qualcosa non spiaceva del tutto a Franziska. Ma se ne distolse subito e nondimeno si tradì: «E a me non pensate? Chi, che cosa dovrei figurare io?».

Boris fu pronto a rispondere, un po' celiando: «La loro madre. O, se non vi disgusta troppo, mia moglie».

Per Franziska c'era davvero di che ridere, invece il tono di voce le uscì spezzato. «Siete un ragazzo anche voi, Boris. Ho amato un uomo che quando lo conobbi aveva quasi il doppio dei vostri anni.»

Cadde su di loro un denso silenzio, durante il quale lui le afferrò dolcemente la mano invitandola a sedere.

«Ma siete rimasta giovane, straordinariamente giovane.»

Il complimento non la toccò, quanto la sorprese invece la constatazione di essersi aperta per la prima volta, e a uno sconosciuto. Capì che proprio così, soltanto così, il fardello poteva per un attimo essere posato.

«Se tale vi sembro è perché da allora nessuno ha preso il suo posto.»

Il partigiano la stava osservando con occhi assorti, partecipe; il fumo della sigaretta saliva dritto tra loro come da una candela appena spenta. Ma lei volgeva via lo sguardo.

«Morto?» Boris si provò a sondare.

«No. Non lo so. Credo di no» Franziska spezzettò le sue tre negazioni o ne variò una sola.

«Come non lo sapete?» insistette Boris ricercando la sua mano. Lei la levò dal tavolo.

«Non era di qua?»

Franziska si limitò a scuotere il capo.

«E non lo avete più rivisto? Sta lontano? Vi costa molto a dirmi chi era?»

Lei affrontò la domanda viso a viso. E si sciolse del tutto. «Era un soldato italiano, della prima guerra. Ecco perché mi sono indignata del vostro attentato. Ed ecco perché mi sento molto più vecchia di quanto vi sembro.»

Non aveva altro da aggiungere. Si alzò, rimise a posto la sedia. Comunicò al suo confidente, ripristinandolo nell'estraneità: «Vado a raggiungere i ragazzi. Possono svegliarsi dopo il primo sonno. Voi, se credete, potete accomodarvi nell'altra stanza. C'è un letto. Ma domani dovrete cercare di arrangiarvi altrove. Buonanotte.»

«Grazie» si sentì rispondere alle spalle.

I due fratellini immersi nel sonno più profondo occupavano una piazza del letto. Lei si stese nell'altra, vicina alla finestra. Si sforzò di dormire, insistentemente; ma anche le palpebre si rifiutavano di rimanere abbassate. Era irritata con se stessa per tutto l'atteggiamento tenuto nella serata: l'avere accondisceso al loro piano, l'aver soprattutto intaccato il proprio fondo d'intimità.

Sentiva l'uomo rigirarsi nel letto, cercare di smorzare gli accessi di tosse, inevitabile in un fumatore accanito quale egli era. Le sue riflessioni avevano poco più a che fare con la persona di Nino e perfino col loro legame, dissoltisi entrambi; riguardavano esclusivamente lei stessa. Le era capitato in altre occasioni di immaginarsi un rapporto con un altro uomo, sia sentimentale che concreto. Il primo le si negava per la difficoltà, insieme alla riluttanza, di smontare una relazione troppo complessa alla quale

218

si era consegnata interamente, convogliando dentro anche i lunghi anni di solitudine, e che le era divenuta dunque necessaria. Al secondo si sentiva altrettanto impreparata a causa di un freno forse ancora più invincibile che avrebbe messo a prova il suo pudore e in specie la propria inesperienza, l'inadeguatezza fisica, maggiormente impedita dal cumulo degli anni. Si sarebbe trovata prima di tutto goffa, maldestra. Soltanto il crudele e spergiuro Nino sarebbe riuscito a far vibrare il suo sentimento, a usare il suo corpo dal punto in cui lo aveva conosciuto. Per questo lo invocava e talvolta lo malediceva.

I suoi pensieri erano rientrati nel circuito consueto, capace di spingerli a vertici d'inquietudine fin isterica, come pure di conceder loro tregua. Si era assopita, quando un fracasso nella strada, alternato da voci piene, imperative, la richiamò a un'immediata, ruvida realtà. Fu in piedi senza rendersene conto, vestita così come si era coricata. Distingueva nel chiasso un battere furioso che stava crescendo. I bambini continuavano a dormire, la porta della stanza attigua era spalancata. Si precipitò in cucina, trovò l'ospite che non osava guardarla in viso.

«Stanno arrivando» l'avvertì. «Vi prego di non perdere la calma.»

Franziska cominciò a tremare da capo a piedi, sentiva che la sua vita ritenuta chiusa ad ogni evento stava avvicinandosi al culmine di verità, al suo definitivo svelamento. Balbettava: «I bambini... Cosa faccio?... Chi vi ha portato qua?...».

Stavano percuotendo la loro porta. Franziska tolse

la stuoia e si chinò sulla botola. Non riusciva a smuoverla. Boris la spostò quasi di peso occupando il suo spazio. Trovò l'anello di ferro; con gran sforzo, arrugginito com'era, lo girò in direzione eretta, infilò dentro due dita e si aprì il varco. Dopo averle fatto il gesto di andarsene, sparì alla vista e richiuse. Franziska ridistese il pezzo di stuoia e vi pose sopra la secchia dell'acqua. Si scompose i capelli, si tolse la gonna e scese le scale scalza.

«Apro all'istante» pronunciò in ottimo italiano.

Stranamente la porta era chiusa dal di dentro e l'ultimo a uscire era stato Armando. Chi aveva girato la chiave? Nessun altro che Boris, disceso nel cuore della notte.

I soldati che stavano eseguendo le perquisizioni appartenevano a un reparto o forse un'arma sconosciuta. L'uniforme era più cupa, i loro visi apparivano scuri e inferociti nella tenue luce dell'alba.

«Ci voleva tanto ad aprire?» le ringhiò uno degli assalitori.

«Dovevo acquietare i bambini. Siamo sfollati.»

«E suo marito?» indagò lo stesso soldato.

La sua prontezza franò al pensiero del Presel fin troppo sospettato, il vuoto aumentava paurosamente nella sua testa, lei di prepotenza lo riempì col suo rimuginare più consueto, e disse: «È anche lui a combattere, nel genio ferroviario. Tenente».

«Dobbiamo entrare lo stesso» interferì il secondo soldato.

Consentirono che li precedesse per non allarmare i bambini. Questi erano seduti sul letto, immusoniti dalla brusca, prematura sveglia. La "zia" non ebbe il tempo che di sbarrare gli occhi intimando loro silenzio, trasmettendo minaccia. Poi: «Non è ancora l'ora della vendemmia, bambini» fece loro con intonazione gaia. «Questi signori stanno cercando un ladro.»

I due fratelli si scambiarono un'occhiata e, quando i soldati si chinarono a controllare sotto il letto, soffocarono a stento una risata.

Come risentito, quello che doveva essere un graduato, conducendo egli l'operazione, si portò nell'altra stanza, dal letto rifatto a puntino.

«Qui chi ci dorme?» domandò.

«Mio marito quando torna. Se torna» rispose Franziska avvertendo che la simulazione la stava logorando. Nel ripassare per la cucina si tenne accanto alla secchia dell'acqua.

I due soldati (ma era proprio vero? non ci avrebbero ripensato?) imboccarono il vano delle scale. Lei li accompagnò, aprì la porta. Donne e uomini del paese riempivano la strada, sospinti da militari in identica uniforme.

Il graduato sostò davanti alla palizzata del laboratorio. La ispezionava. Una catena la avvolgeva nel mezzo, resa tesa da un lucchetto.

«È vostro?» lei si sentì ancora interrogare, ora all'aperto, nella luce quasi diurna, davanti a testimoni.

Le sue parole pesavano come pietre: «Appartiene alla casa che abbiamo affittato. Ma l'ho trovato sempre chiuso così. Apparteneva a un falegname che ci lavorava».

«Ha la chiave?»

Franziska si sentì piegare le ginocchia.

«Mi spiace, non l'ho mai avuta.»

Il militare spingeva lo sguardo tra le sconnessure dello steccato. Non scorgeva che mobilia vecchia, arnesi, ragnatele. Di più ancora lo dovette rassicurare il fatto che l'entrata era chiusa dal di fuori. Si toccò il berretto in un mezzo inchino e raggiunse il gruppo di commilitoni. Franziska si costrinse ancora a non guardare Armando e sua moglie.

Non appena ebbe richiuso la porta, tutta la finzione e la sicurezza che l'avevano puntellata si afflosciarono, e lei ricadde nel tremito e nel balbettio. Si stese sul letto tra i due fratellini scoppiando in singhiozzi. Non voleva sapere nulla né occuparsi di nulla. Attendeva soltanto che facesse giorno pieno per vestire i ragazzi e riportarli in città. Essi le ponevano mille domande alle quali lei si rifiutava di rispondere. Poi disse loro: «Basta con l'interrogarmi anche voi. Vostro padre vi rivuole in città e oggi torniamo».

Così avvenne. Presero il treno per Opicina e da qui scesero in tram. Il Presel riebbe i suoi figli e riebbe sotto altra specie la propria segretaria, ma molto più tardi, quando il turbine della guerra che iniziava soltanto allora e che avrebbe comportato l'incendio di San Daniele, la fucilazione con altri di Armando e di Boris, finalmente passò.

L'avvocato divenne personalità di raccordo tra i cattolici sloveni durante i dieci anni del governo militare alleato e successivamente con l'avvento dell'Italia repubblicana. Anziché segretaria, Franziska si confermò nel ruolo di educatrice paziente e premurosa dei fratelli Presel, trasformandosi poi nella loro prima confidente. Lavorava nel frattempo nell'ufficio di una delle riattivate scuole slovene e si prestava a favore della chiesa di Roiano.

Non aspettò più Nino Ferrari, ma non lo dimenticò un solo giorno dei molti che ancora l'attendevano. Forse nemmeno apprese che egli si era spento nel 1959, alla bella età, per un invalido, di settantott'anni. Lei lo seguì oltre vent'anni dopo, nell'82, per i postumi di un investimento stradale avvenuto mentre attraversava viale Miramare, dal marciapiede di casa a quello della stazione ferroviaria, dove si eleva ancora il platano dei loro primi convegni amorosi.

(25 dicembre 1995 - 25 dicembre 1996)

«Franziska»
di Fulvio Tomizza
Bestsellers Oscar Mondadori
Arnoldo Mondadori Editore

Questo volume è stato stampato
presso Arnoldo Mondadori Editore S.p.A.
Stabilimento Nuova Stampa - Cles (TN)
Stampato in Italia. Printed in Italy